Loi n°49-956 du 16 juillet 1949 sur les publications destinées à la jeunesse, modifiée par la loi n°2011-525 du 17 mai 2011.

© Carlie Carlie, 2025
Édition : BoD · Books on Demand, 31 avenue Saint-Rémy, 57600 Forbach, bod@bod.fr
Impression : Libri Plureos GmbH, Friedensallee 273, 22763 Hamburg (Allemagne)

Achevé d'imprimer en France
Dépôt légal : Janvier 2025
ISBN : 978-2-3225-5116-3
Prix : 9 €

CAPTIVE

Tome 2

Chapitre un.

Ma vie a basculé il y a maintenant huit ans. Tout mon village était au courant de mon histoire. Moi Ava, j'avais réussi à me libérer des griffes de mon ravisseur. Pendant des mois, j'ai été le sujet préféré des habitants qui vivaient autour de moi. Au cours de mes années lycée, tout le monde connaissait mon prénom. C'est pour cela que j'ai préféré suivre mes études de psychologie loin de tout. Pendant cinq ans, j'ai réussi à vivre une vie normale, j'ai réussi à me faire des amis et surtout à vivre une véritable histoire d'amour… On pourrait penser que j'ai effectué ce cursus pour suivre les pas de ma mère, mais il n'en est absolument rien. J'ai eu envie de venir en aide à des personnes qui ont vécu des traumatismes comme moi. C'était ma façon aussi d'essayer de comprendre ce qui pouvait se passer dans la tête de ces monstres qui s'amusent à torturer des innocents. Depuis ma libération, j'ai essayé de comprendre, d'analyser le calvaire que j'ai enduré. Il m'a fallu du temps pour que certaines images prennent moins de place dans mon esprit. J'ai eu des moments de colère, de tristesse, des moments où je perdais pied et je ne parle même pas du temps qu'il m'aura fallu pour accepter l'absence de Zack. Je dis bien accepter l'absence, car je n'ai jamais vraiment réussi à l'oublier. Même après huit ans, cela me paraît improbable encore.

Depuis quelques semaines, je suis de retour dans mon village, ma mère m'a proposé de nous associer. Elle croulait sous le travail et avait besoin de quelqu'un pour la soulager de quelques patients… Depuis mon retour, je n'ai jamais pu retourner dans ce stade, lieu de nos déchirants adieux.
Je continue de courir le soir après de bonnes journées de travail. Mon coeur s'affole chaque fois que je m'approche de cet endroit. Même huit ans après, la scène dans ma tête n'a pas pris une ride. Je me vois encore m'écrouler au sol, mourir de douleur sur place pendant des heures. A l'époque, j'ai fait des cauchemars durant des

nuits entières. Ma famille ne savait plus quoi faire pour m'extirper de ma chambre, impuissante face à ce que je ressentais : le vide dans mon coeur, le manque, l'absence de celui dont j'étais follement amoureuse. Je ne voulais rien d'autre que lui, que sa présence. Pendant des jours, j'ai espéré son retour, qu'il oublierait cette idée débile de disparaître à des milliers de kilomètres, qu'il sonnerait chez moi, qu'il se présenterait là, au bas de mes escaliers me regardant les dévaler. Je me voyais lui sauter dans les bras, l'embrasser, pleurer de joie, le remercier de ne pas m'avoir abandonnée. J'y ai cru de toutes mes forces à cette scène de film romantique. Mais elle ne s'est jamais déroulée et le temps est passé. C'est vrai que le temps apaise les choses. Il ne nous aide pas à oublier, mais il panse un peu le coeur. Ma vie a commencé à reprendre le cours des choses petit à petit. J'ai recommencé à sortir un peu plus de ma chambre, à reprendre les cours, j'ai même réussi à aller courir sans craindre qu'un homme ne me surveille au détour d'un chemin. Ce n'était plus à l'ordre du jour. Mon agresseur avait pris la plus grosse peine possible, je ne le croiserai plus jamais…
Aujourd'hui encore, tout était clair dans ma tête, tous ces moments enfermés dans cette cave, apeurée, me deman-

dant combien de temps j'allais croupir dedans et si j'allais m'en sortir. Je me souvenais encore de chaque centimètre, chaque détail de ma prison, je m'étais même surprise à la dessiner une nuit d'insomnie il y a deux ans. A la fin de mon art, je m'étais effondrée. Quelques nuits plus tard, une nouvelle insomnie s'était emparée de moi. Accompagnée d'une simple lampe de bureau, de ma musique au volume extrême dans mes écouteurs et d'une bouteille d'alcool, je crayonnais le visage de Zack. Même en noir et blanc représenté par mes simples coups de crayons, il était magnifique. Pourtant, je n'ai jamais été très douée en art plastique et encore moins en portrait. Les deux esquisses étaient dès le lendemain cachées dans un des tiroirs de mon bureau au cabinet, je ne voulais pas prendre le risque que celui avec qui je partage ma vie maintenant, tombe dessus et me harcèle de questions.

Originaire du sud de la France, il n'a jamais eu connaissance de mon histoire et je n'ai jamais su lui en parler. Peut-être, parce que je devrai à lui aussi, comme pour ma famille, taire l'existence de Zack et donc lui mentir. Pour moi, en ne disant rien, c'est aussi une façon de ne pas sentir de peine dans ses paroles et dans son regard. Après tout, sommes-nous obligés de tout connaître du passé de notre partenaire ?

Il m'a suivie par chance en trouvant une place lui aussi dans un cabinet proche d'une ville voisine de la mienne. Depuis quatre ans, il fait partie intégrante de ma petite vie paisible.

Aujourd'hui, je me sens heureuse. Je suis avec un homme incroyable, intelligent, avec qui je peux parler de tout sujet et qui m'offre une vie de princesse. Après avoir trouvé son travail pour me rejoindre après deux mois de distance, il nous a tout de suite trouvé un nid douillet.

Un matin des premiers jours de printemps, je me trouvais à la baie vitrée avec ma tasse de thé, j'admirais mon jardin et me remémorait chaque moment de mon incroyable voyage.

Armand était sur son ordinateur dans le salon à vérifier ses mails et ses dossiers après notre semaine d'absence. Nous étions rentrés la veille de notre séjour à Rome qu'il m'avait secrètement organisé. Je lui avais tellement parlé de cette ville qui me faisait rêver ! Et pour que cela soit un voyage inoubliable, Armand a demandé ma main. Dans un restaurant, sur une terrasse avec une vue à couper le souffle sur les lumières de la ville, Armand m'a demandé de l'épouser, agenouillé devant moi avec une bague d'une telle beauté ! Époustouflée, j'avais mis quelques secondes avant de réaliser et d'accepter sa demande. Maintenant, j'étais officiellement fiancée à celui dont j'étais amoureuse. Notre mariage était prévu dans six mois, le même jour où nous nous sommes rencontrés, six années plus tôt à la rentrée des cours. J'avais hâte de l'annoncer à ma famille. Je continuais d'admirer cet homme qui m'aimait, cet homme qui a su me faire devenir cette femme que je rêvais d'être un jour.

Chapitre deux.

La sonnerie de mon réveil me fait sortir de mon rêve. Je me sens tellement bien au chaud dans mon lit. Je tourne mon visage pour pouvoir dire bonjour à mon futur mari, mais son côté du lit est vide. Je trouve enfin la force de me lever. Je prends ma robe de chambre et l'enfile en me dirigeant vers la cuisine. Armand n'y est pas non plus. En servant ma tasse de café, je vois un bout de papier avec quelques mots écrits dessus :

J'ai dû partir tôt, je te rejoins ce soir chez tes parents.
Je t'aime.

Je souris et laisse le papier à la même place. Je retourne dans la chambre avec mon café et m'installe à la coiffeuse pour me maquiller. Après avoir étalé mon fond de teint et mis mon mascara, je m'habille d'une chemise blanche et d'un jean. Je consulte mon agenda pour voir quels patients ont rendez-vous avec moi aujourd'hui et le range dans mon sac à main. Je débranche mon téléphone qui a chargé toute la nuit, finis ma tasse en la laissant traîner dans la chambre comme tous les matins. Armand en a horreur, il ne peut s'empêcher de me faire la remarque pratiquement tous les jours.

En arrivant au cabinet, je salue de loin ma mère d'un signe de la main, la voyant accompagner une patiente à son bureau. Je pose à peine un pied dans la salle d'attente, que ma patiente se lève de sa chaise.

— Bonjour, madame, vous allez bien ?

— Très bien, merci, me répond-elle.

Je la laisse passer devant moi et nous nous dirigeons toutes les deux vers mon bureau.

— Installez-vous, dis-je en me débarrassant de ma veste.

Je prends de quoi noter et m'installe à mon tour, c'est parti pour une nouvelle journée de travail.

Installée dans la cuisine pour déguster mon déjeuner après avoir travaillé avec deux patients dans la matinée, ma mère arrive précipitamment dans la même pièce :

— Vous venez toujours ce soir ?

— Oui maman, lui réponds-je.

Je la vois tourner dans tous les sens, sortir son miroir de poche de son sac à main pour se regarder attentivement, cela me fait sourire. Je la questionne curieuse :

— Tu as un rendez-vous important ?

Elle referme son miroir, toute souriante.

— Je vais déjeuner avec ton père.

— Et c'est ce qui te rend aussi heureuse ?

— C'est tellement rare que ton père accepte que l'on sorte tous les deux.

Cela fait trente ans que mes parents sont ensemble et amoureux. Et autant d'années qu'ils s'aiment encore comme au premier jour. Quand je vois ma mère dans cet état, j'ai l'impression de voir une adolescente allant à son premier rendez-vous. Cela me fait rêver, j'aimerais que dans autant d'années mon couple avec Armand soit aussi beau.

— Ce soir, vous me raconterez vos vacances !

Maman, si tu savais, nos vacances par rapport à ce que nous comptons vous annoncer ! Notre séjour passera inaperçu, me dis-je en mon for intérieur.

Je sais déjà qu'ils seront heureux pour nous. Ils ont adopté Armand dès le premier jour où ils l'ont rencontré.

— Bon, à ce soir ma puce, me dit-elle en m'embrassant le front.
— A ce soir, réponds-je en la regardant s'éloigner.

***

Je mets une dernière goutte de mon parfum préféré, m'habille d'une jupe en cuir et d'un t-shirt blanc, et vérifie l'heure à ma montre. Il me reste pile le temps pour le trajet. Je descends les escaliers en trombe, manquant de louper la dernière marche. Ma musique du moment passant à la radio, je la chantonne tout en quittant en voiture l'allée de la maison.

J'entre sans frapper chez mes parents. Ils sont restés dans la même maison où j'ai grandi. Armand se trouve dans le salon en compagnie de mon père, tous les deux un verre de vin à la main.
— On attendait plus que toi, me dit ma mère en passant devant moi pour aller déposer un plat sur la table.
Je me dirige vers mon père pour le saluer et embrasse ensuite Armand, toute souriante à l'idée d'annoncer notre grande nouvelle. J'ai d'ailleurs pris soin de cacher ma

bague de fiançailles dans mon sac à main pour ne pas que ma mère la découvre.

— Je vais chercher ton frère.

Mon père nous laisse seuls dans le salon. J'en profite pour me rapprocher de mon futur mari, et lui murmure impatiente sans que personne puisse nous entendre :

— Prêt à l'annoncer ?

— Bien sûr, d'ailleurs, j'ai eu mes parents au téléphone aujourd'hui et ils sont très heureux pour nous.

Mon sourire s'éteint d'un coup, je me décale de lui, déçue par ce qu'il vient de me déclarer.

— Tu leur as dit ?

— Je n'ai pas pu résister.

Je n'ai pas le temps de répondre qu'Adisson fait son entrée dans la pièce. Il salue vite fait dans la précipitation Armand et me prend dans ses bras.

— Comment va ma petite sœur ?

Depuis qu'il m'a dépassé, il adore me charrier avec ça. Adisson a vingt ans, il a grandi tellement vite, c'est un homme maintenant. Du haut de son mètre quatre-vingt-cinq, il fait tourner la tête de toutes les filles de son école d'ingénieur.

— Ça va, réponds-je sèchement.

— Allez, à table ! nous annonce ma mère en tapant dans ses mains.

Je me retrouve déstabilisée. Toute la journée, j'ai dû résister pour ne pas lâcher le morceau à ma mère et Armand a pris la décision de l'annoncer seul à ses parents ! Il ne m'a même pas attendu pour que nous puissions vivre ce grand moment ensemble.

Nous nous installons tous autour de la table. Assise à côté d'Armand et en face d'Adisson, j'ai le regard dans le vide et mon frère ne manque pas de me le faire remarquer.

— Tu as l'air fatigué…

— Non, ne t'en fais pas Adisson, je le rassure en essayant de faire bonne figure.

— Ça serait dommage, on rentre tout juste de vacances quand même, intervient Armand en passant une main sur ma joue.

Il n'en fallait pas plus pour lancer mes parents sur le sujet. Ils veulent tout savoir et Armand se fait un plaisir de leur répondre en leur racontant dans le moindre détail notre séjour.

— On a aussi visité une grotte, c'était magnifique…

— Une grotte ? Tu n'as pas eu peur, chérie ? me demande ma mère en se tournant vers moi.
— Pourquoi aurait-elle eu peur ?
— Eh bien, depuis ce qui s'est passé, Ava a peur des endroits qui se trouve sous terre.
— Je ne comprends pas.
Je sens Armand perdu, cherchant des réponses dans chaque regard qui se trouve en face de lui.
— Tu n'es pas au courant de ce qui est arrivé à Ava ? demande ma mère.
Je lui fais un signe de main pour lui faire comprendre qu'elle doit se taire.
— Apparemment non, dit-il en grillant mon geste.
— Tu n'es vraiment pas discrète, ajoute Adisson.
— Je fais ce que je peux, dis-je agacée.
Tous se sentent mal à l'aise au vu de la situation dans laquelle ils viennent de me précipiter.
— Mais, tu n'as jamais vu sa blessure à la cuisse ?
Adisson en rajoute une couche, ils se sont donné le mot ou quoi ?
— Je croyais que c'était dû à une chute ? se justifie-t-il en se retournant une nouvelle fois vers moi.

C'est vrai que je lui avais inventé cette excuse qui ne tenait pas debout la première fois qu'il avait remarqué ma cicatrice, je me souviens, c'était lors de notre première nuit ensemble. Une simple chute de vélo, c'est ce que je lui avais dit et il y avait cru, sans poser plus de questions.
— Une chute vraiment ?
J'écarquille les yeux vers mon frère, le suppliant d'arrêter. Je sais qu'il ne le porte pas dans son coeur, qu'il ne l'accepte pas contrairement aux parents et il le lui fait bien savoir. Dès le premier jour où il l'a vu, pour lui Armand n'était pas l'homme qu'il me fallait, c'était un monsieur je-sais-tout, me laissant rarement décider par moi-même.
— Ava, pourquoi tu ne m'as rien dit ?
— Je n'ai jamais su trouver le moment, mens-je.
— En quatre ans ? aboie alors mon frère.
— Adisson ! interpelle mon père.
— On en reparlera à la maison, m'adressé-je à Armand.
Il a l'air totalement désemparé.
Le reste du repas se passe dans le silence, plus personne n'ose parler.

— Merci pour le dîner, remercié-je en embrassant mes parents chacun leur tour.

Armand ne dit rien, il continue son chemin vers sa voiture, il me lance un dernier regard avant de disparaître.

Je comprends vite que la soirée est loin d'être finie.

Chapitre trois.

— Tu ne me fais pas confiance ?
Armand se montre agité depuis mes révélations. Je comprends que ça ne doit pas être simple à entendre et que ça ne doit surtout pas être simple d'apprendre cette lourde histoire maintenant, alors que nous sommes ensemble depuis quelques années déjà.
— Bien sûr que si.
— Alors pourquoi tu m'as caché un aussi gros secret ?
— Je ne sais pas …
— Mais merde, on est censé se marier dans moins de six mois ! Et là, je me rends compte que je ne te connais pas entièrement.
— C'est juste un passage de ma vie qu'il m'ait difficile de raconter.
— Mais, c'est moi ! Moi, Armand celui qui partage ta vie, celui à qui tu es censée dire oui bientôt, s'emporte-t-il.
— Je suis désolée.

Je n'avais jamais vu Armand aussi en colère auparavant. Il s'assoit à mes côtés et me prend dans ses bras, des larmes coulent sur mes joues.

C'est beaucoup trop dur pour moi, cela fait des années que je n'avais évoqué ces souvenirs à haute voix, mais si je souhaite que tout fonctionne avec Armand, je me dois de lui dire la vérité.

Après avoir disparu quelques minutes dans la cuisine, Armand revient vers moi dans le salon, l'esprit ailleurs, en me tendant l'une des tasses de thé qu'il vient de préparer. Voilà, il sait tout, enfin tout ce j'ai bien voulu lui dévoiler. Car même pour lui, Zack est un fantôme.

— En tout cas, je te remercie de m'avoir tout dit, je ne mesure pas l'ampleur de ton calvaire.

Si tu savais.

— Je m'excuse encore d'avoir gardé cela pour moi.

— Tu sais quoi, on en parle plus, d'accord ? Tout ce qui compte maintenant, c'est nous et notre avenir.

— Tu as raison, réponds-je.

Il dépose un baiser sur mon front et se lève du canapé me laissant seule avec mes souvenirs.

Après cette soirée mouvementée, je ne ressens aucun signe de sommeil, Armand lui, est parti rejoindre notre

lit. Je m'installe sur la table du salon avec dans ma main droite un crayon à papier. Je dessine sur une feuille un visage, le visage du monstre qui m'a séquestrée pendant des mois et qui me hante encore même après toutes ces années. Ses cheveux, les rides de son visage, son regard sans âme, tout
est là sur cette simple feuille.
Il est à présent trois heures du matin et après avoir vidé un pot de glace à la vanille devant un documentaire animalier inintéressant, je décide de rejoindre Armand.

— Mon amour, il faut se réveiller.
Sa douce voix et les rayons du soleil traversant les rideaux mal fermés me réveillent, je me rapproche de lui et pose ma tête sur son torse nu.
— Dis-moi, avec tout ça, ta famille n'est toujours pas au courant pour notre futur mariage ?
— Je vais le faire aujourd'hui.
— Toute seule ?
Je me lève du lit. Malgré mes confidences de la veille, je ne lui pardonne toujours pas ce que je considère être une trahison.

— Tu l'as bien fait seul de ton côté, sifflé-je en enfilant ma robe de chambre en soie.
Je quitte la pièce. Je ne veux pas me disputer avec lui dès le matin, la nuit a été courte et la journée risque d'être longue, alors je préfère éviter tout affrontement aujourd'hui.

Arrivée à mon bureau, je fouille dans mon sac pour récupérer le dessin que j'ai réalisé quelques heures auparavant. J'ouvre un des tiroirs, sort une boîte en ferraille et cache mon esquisse à l'intérieur rejoignant le petit mot de Zack me donnant rendez-vous il y a huit ans, le collier de sa mère qu'il m'avait offert, ainsi que d'autres dessins que j'avais réalisés…
Personne ne connaît l'existence de cette boîte. Je touche chacun de ses souvenirs du bout des doigts, le visage de Zack apparaît. Nos moments dans cette cave, ces fois où il me délivrait le temps de quelques heures, tout était resté ancré dans ma tête. Soudain, la porte d'entrée du cabinet claque un grand coup, ce qui me fait sortir de mes pensées, je me dépêche de ranger ma boîte à sa place.
— Tu vas bien ?
Ma mère fait irruption dans mon bureau.

Je hoche simplement la tête pour lui répondre.

— Je voulais m'excuser pour hier soir, me dit-elle en s'avançant.

Je vois à son regard qu'elle culpabilise, mais ils m'ont sûrement rendu un grand service.

— Non maman, tu n'as pas à t'excuser, il fallait bien qu'il l'apprenne un jour. Il valait mieux que ça soit par moi que par quelqu'un d'autre.

— J'étais persuadée que tu lui avais dit depuis longtemps.

— C'est compliqué de parler de cette histoire. Je pensais naïvement qu'en lui cachant, je n'y penserai plus et je ne voulais pas qu'il me regarde avec pitié comme les personnes qui me croisaient dans la rue il y a huit ans.

— Je comprends.

Je m'assois sur ma chaise, je me sens fatiguée.

— Cette période a été dure, je ne veux plus qu'on me prenne par pitié, qu'on me regarde comme la pauvre Ava qui a été la prisonnière du plus gros meurtrier de la ville.

— Tu y repenses encore parfois ?

— Bien sûr maman, ça fait partie de moi et ça fera toujours partie de moi, je suis obligée d'y penser.

Ça faisait longtemps que je n'avais pas parlé de ce douloureux moment de ma vie avec ma mère.

Pendant des années, j'ai voulu éviter le sujet, éviter de savoir ce que devenait Jorge, cet homme qui m'a traumatisé.
— Si tu as besoin d'aller voir un confrère pour parler, tu n'as qu'à me demander.
— Je sais maman, mais ne t'en fais pas.
Au même moment, la porte d'entrée retentit une nouvelle fois.
— Ça doit être pour moi, ça va aller, tu es une fille forte, ne l'oublie jamais.
Sur ces mots touchants, elle se lève en refermant la porte de mon bureau derrière elle. Je l'entends accueillir son patient, je me secoue la tête pour enlever toutes les images qui se bousculent à l'intérieur et me lance dans mon travail.

Je venais à peine de rentrer à la maison, là où apparemment j'étais attendue de pied ferme, qu'Armand m'interpelle :
— Alors, comment l'a pris ta maman ?

— Je ne lui ai rien dit. Parce qu'on va aller tous les deux leur dire maintenant.

Il pensait vraiment que j'allais lui annoncer la nouvelle sans lui ?

Je sors en même temps une bouteille de champagne. Il me fait son plus beau sourire. L'expression de son visage a changé en une seconde, il semble tout simplement rassuré.

— Je t'aime.

Je l'embrasse après ces mots doux.

La journée a été longue, je n'ai pas réussi à me concentrer une seule seconde, je n'ai pas su écouter mes patients attentivement. Le mélange entre mon manque de sommeil et les mauvais souvenirs de mon adolescence qui ressurgissent, ont pris le dessus sur moi. Il est hors de question que je termine mal ma journée. Alors, sur le chemin du retour, je me suis arrêtée dans un supermarché pour acheter une bouteille. J'ai besoin que l'on fête notre futur mariage, ce soir, avec ma famille, pour avant tout me changer les idées et me sentir entourée.

Mes parents ont été surpris de nous voir débarquer chez eux à l'improviste. Et encore plus, quand je leur ai demandé de nous sortir des coupes pour boire le champagne que je venais d'ouvrir. Dès que tout le monde a eu son verre de rempli, je me suis rapprochée d'Armand, il en a profité pour glisser son bras autour de ma taille. J'ai présenté ma main gauche ornée du bijoux. Les yeux de ma mère se sont écarquillés. Elle a compris tout de suite ce dont il s'agissait, contrairement à Adisson et mon père qui semblaient complètement perdus.

— Nous allons nous marier.

Ma mère m'a pris dans ses bras et m'a serrée contre elle avec une telle force que j'arrivais à peine à respirer pendant quelques secondes.

Armand a saisi la main de mon père pour être félicité. Quant à mon frère, je ne m'attendais pas à ce qu'il saute de joie vu son opinion sur Armand. Il a préféré rester en retrait. Mais je ne m'en suis pas souciée davantage, j'étais heureuse d'annoncer à ma famille que j'étais prête à vivre avec l'homme que j'aime pour le restant de ma vie.

Chapitre quatre.

Nous sommes samedi soir. Nous nous préparons, avec Armand, pour le mariage d'un de nos confrères. Seule la famille était invitée pour la cérémonie. C'est pour cela que nous sommes conviés uniquement pour fêter leur union lors du repas. Pourtant adepte des fêtes, celle-ci ne me plaît guère. Quand Armand m'a fait part des invités qu'il y aurait, j'ai tout de suite su que je n'allais pas passer une bonne soirée. Armand a toujours su se faire des amis. Contrairement à moi, il sait aller vers les autres. Arrivé dans la région quelques mois après moi pour me rejoindre, il avait réussi à tisser un réseau de connaissances certain en peu de temps. D'ailleurs, le marié l'appréciait tellement qu'il nous a invités à la dernière minute.
Arrivée sur place, je suis Armand qui me présente à ses interlocuteurs comme sa future épouse. Un serveur nous présente une coupe de champagne à chacun tandis que

deux autres nous proposent des plateaux de petits fours. La salle de réception est très raffinée, remplie de petites décorations de couleur crème et blanche. Des tables rondes joliment nappées remplissent bien l'espace. Sur l'instant, je me demande où les invités danseront mais évince rapidement mes questionnements. Une petite musique de fond se fait à peine entendre, dominée par le brouhaha des conversations. Des lampions aux formes originales ornent la salle. Je suis agréablement surprise, cet endroit me plaît beaucoup. Je m'y vois déjà pour mon propre mariage ! Alors que l'homme que j'aime, discute travail avec des invités, je reste là telle une plante verte au milieu de ce monde en effervescence, la fête bat son plein. Personne ne vient vers moi et à vrai dire, je ne sais pas vers qui me tourner ne connaissant personne. Je prends la décision de chercher ma place. Voyant qu'Armand est occupé, je m'approche des tables et en profite pour admirer un peu plus le dressage. D'autres invités s'installent aux places qui leur sont attribuées peu de temps après moi. Même si j'ai du mal à m'imposer généralement dans les conversations des autres, je me sens seule dans cette assemblée de gens que je ne connais pas. Voir des personnes familières m'aurait sans doute aidé à être un peu plus à l'aise. A notre table, je suis entourée d'un couple d'une trentaine d'années et de leur enfant ainsi que de deux autres personnes qui doivent sans doute être ensemble, sans oublier Armand qui tient un verre de vin à la main.

Nous sommes en plein repas. Aucune conversation autour de moi ne m'intéresse tandis que Armand est comme un poisson dans l'eau et a déjà engagé la conversation avec son voisin. Je n'arrive vraiment pas à me mélanger avec les autres convives. Je rajuste ma serviette sur mes genoux quand une voix reconnaissable entre toute perce ma grisaille dans cette assemblée agitée.

— Du vin, mademoiselle ?

J'ose à peine me retourner. Cette voix. Je la reconnaitrais entre mille, même après des années sans l'avoir entendue.

— Mademoiselle ?

Mon corps est comme paralysé.

— Chérie, je crois que l'on te parle, me dit Armand en posant sa main sur la mienne.

Je prends sur moi pour enfin faire face à mon interlocuteur. Il est là, face à moi. Il n'a pas changé, son regard, les traits de son visage, rien, hormis un début de barbe.

Zack est à cet instant même face à moi. Nos regards plantés l'un dans l'autre, nous sommes tous les deux désemparés. Qui aurait cru que j'allais un jour recroiser Zack ? D'autant plus après tant d'années, dans cette même ville où nous avions tous les deux vécu le pire.
— Non, non merci, réponds-je encore secouer.
— Ça va chérie ? intervient Armand.
Je lâche du regard Zack pour me remettre dans la bonne position.
— Oui, désolée, je ne me sens pas très bien.
Zack fait le tour de la table pour servir les verres des autres invités assoiffés d'alcool, avant de s'éloigner. Il continue de me lancer des regards et Armand le remarque.
— Tu le connais ? me demande-t-il en se penchant vers moi pour que personne n'entende.
— Non, enfin je ne crois pas.
— Apparemment, tu as tapé dans l'oeil du serveur, Ava, me lance Maria.
Maria est une des premières personnes qui s'est tout de suite bien entendu avec Armand quand il a débarqué dans la ville. Au début, je voyais leur relation d'un mauvais oeil, la jalousie sûrement. Mais quand j'ai vu

comment elle se comportait avec lui après quelques gorgées de vin, je ne me suis plus fait aucun souci. Armand déteste les femmes qui en font trop pour se faire voir, et moi aussi.

Je lance un sourire forcé à la femme qui engloutit un nouveau verre d'alcool. Je venais de perdre Zack de mon champ de vision, il fallait que j'aille le voir, il fallait que je comprenne ce qu'il faisait ici.

— Je reviens, dis-je en me levant.

Je me dirige dans sa direction et me retourne pour m'assurer qu'Armand ne se rende pas compte de mon absence. Constatant qu'il est en pleine discussion avec un de ses amis, je continue mon chemin. J'entre alors par la même porte que Zack a emprunté quelques minutes auparavant. Il est là, me tournant le dos à sortir des bouteilles d'alcool d'une caisse.

— Zack ? je l'interpelle timidement.

Il s'arrête net.

— Ça fait bien longtemps qu'on ne m'avait pas appelé comme ça.

Je sens son sourire à travers sa voix. Je m'approche un peu plus de lui, mes talons claquent sur le carrelage. Il se retourne enfin vers moi, mes jambes s'arrêtent, paralysées, nos regards sont une nouvelle fois ancrés l'un dans l'autre.

— Huit ans.

C'est tout ce que j'arrive à dire.

— Je sais.

— Tu n'as pas changé.

— Toi non plus.

Nos phrases sont brèves, sans importance. J'ai longtemps cru que si un jour, je retrouvais Zack, nous aurions maintes et maintes choses à nous raconter. Mais là rien, comme si nous étions devenus des inconnus l'un pour l'autre. Ce n'est pas comme si nous n'avions rien vécu tous les deux. Peut-être que pour lui, tout cela n'avait plus d'importance.

— Tony, dépêche-toi ! intervint un autre serveur passant furtivement sa tête par la porte.

Tony ?

— Tu m'excuses, j'ai du travail.

Je hoche la tête, le laissant retourner à ses occupations. Je reste sur place, il passe à mes côtés, ouvre la porte.

— Au fait, toutes mes félicitations, dit-il en détournant ses yeux sur ma bague.

Et il s'en va, claquant la porte derrière lui. Des larmes commencent à prendre possession de mes yeux, je les ravale comme je peux. Je prends une grande inspiration et dispose à mon tour. Armand se trouve maintenant en pleine rigolade, je balaie la pièce du regard, aucun Zack dans les parages. J'avance vers le bar installé pour l'occasion.

— Vous auriez quelque chose de corsé ?

Le barman me sourit, se tourne vers ses bouteilles, en choisit une au hasard et me sert un verre, qui à peine posé, est déjà englouti.

— Un autre, s'il vous plaît !

Cette fois-ci, je prends le verre avec moi et retourne m'installer auprès de mon futur mari.

— Ça va mieux ? me demande-t-il en me caressant le dos.

— Oui.

J'avale d'un coup mon second verre. L'alcool chauffe mon corps, je veux essayer d'oublier, d'oublier que celui que j'ai tant aimé, celui que j'ai eu tant de mal à effacer de ma mémoire est à quelques mètres de moi. Il me faut plus d'alcool. Mon verre vide, j'emprunte celui d'Armand, il ne se rend compte de rien. Au bout de quelques minutes, je n'arrive même plus à compter les verres que j'avale …

Zack.

Je l'ai reconnue dès que je l'ai vue entrer dans la salle, elle n'avait pas changé, elle illuminait la pièce. Aucune autre femme présente ne faisait le poids face à elle. Elle est devenue une véritable femme, pleine d'assurance. Une heure plus tôt en aidant une collègue à faire la mise en place des verres, je louchais sur les prénoms des invités inscrits sur les morceaux de cartons mis à chaque place. Et là, le prénom de Ava m'est apparu. Puis la voyant arriver main dans la main avec un homme, toujours aussi belle, avec une longue robe bleue, brillante, ses cheveux toujours de la même longueur, mais d'une couleur plus claire, je me suis senti tout chose. Je n'ai jamais pu l'oublier, même en huit ans, même à des kilomètres. J'ai eu bien tord là-dessus, ce n'est pas en fuyant une personne qu'on l'oublie …

Ava ne m'a pas remarqué tout de suite ; il a suffi d'un coup de chance, que l'homme qui m'a engagé me dise d'aller servir sa table, pour qu'elle voit enfin que je suis de retour. J'avais besoin qu'elle sache que je suis là, près d'elle. C'est en voyant une bague à l'annulaire gauche que j'ai réalisé mon erreur. Ce n'était pas juste un petit ami lambda comme j'ai voulu me le faire croire. Elle est maintenant fiancée ou peut-être même mariée, tout avait changé. En huit ans, je ne pouvais pas m'attendre à ce que tout soit pareil. Je l'ai cherchée pendant plusieurs jours dans la ville, sans vraiment avoir l'espoir de la retrouver. Il y a deux semaines encore, j'étais à Londres à vivre chez mon cousin, le seul qui connaisse la véritable histoire en dehors d'Ava et moi. J'ai mis plusieurs mois avant de la lui raconter et un soir où nous étions tous les deux bien alcoolisés, je lui ai tout avoué, dans les moindres détails. Mon père violent, les enlèvements, les meurtres, Ava...

Il paraît que dès que son prénom est sorti de ma bouche, un sourire s'est dessiné sur mon visage et mes yeux ont pétillé, enfin d'après mon cousin, mais je m'en suis rendu compte seulement quelques temps après.

« Il faut que tu la retrouves, Zack. »

Mon cousin a dû me dire cette phrase des centaines de fois ! Au début, je ne voulais pas l'écouter, alors j'ai essayé de rencontrer d'autres filles, mais rien de concret. A chaque fois, je les comparais malgré moi à Ava, aucune d'entre elles n'arrivaient à me la faire oublier.

Alors, il y a deux semaines, quand mon cousin m'a répété pour la énième fois sa phrase favorite, j'ai tout lâché. En dix minutes, j'ai rassemblé mes affaires et je me suis retrouvé à la gare pour prendre le premier train en direction de la capitale française. Bien que mon cousin était loin d'être la personne la plus raisonnable et responsable que je connaisse, il n'avait sûrement pas tort sur un point, j'avais peut-être besoin de retrouver Ava…

Je me rends compte maintenant que cela a été un geste égoïste de ma part. Après tout ce qu'elle avait vécu en partie par ma faute, je ne pouvais pas revenir dans sa vie comme ça.

Et quand je la vois partir du mariage en titubant sur ses jambes avec celui qu'elle aime, tenant son manteau, je réalise mon autre erreur : le mot que j'avais glissé au début de la soirée dans une de ses poches. Ce mot où je lui donne rendez-vous mardi midi dans un café.

Chapitre cinq.

— Ava ! Ava !

Je sors de mon sommeil en sursaut, accompagné d'un mal de crâne atroce.

— Ava, lève-toi !

— Pourquoi faire ? marmonné-je encore endormie.

— Peut-être parce qu'il faut que tu ailles au travail, me taquine-t-il en rigolant.

— On est quel jour ? demandé-je en m'asseyant.

— Lundi, mais je comprends que tu sois perdue ; tu dors depuis hier après-midi.

Je masse mes tempes pour essayer de faire passer cette douleur qui englobe ma tête.

— L'alcool ne te réussit vraiment pas.

Armand dépose un baiser sur mon front et quitte la chambre. Le claquement de la porte d'entrée résonne dans toute la maison et au passage, dans ma tête aussi.

L'alcool. Armand a raison, cela ne me réussit pas. Je n'avais jamais autant bu auparavant. Je ne me souviens même pas de cette soirée, un trou noir, je ne sais même pas pourquoi j'ai bu autant de verres. Je le regrette bien ce matin en tout cas.

Mon téléphone se met à sonner, je cherche désespérément d'où provient cette sonnerie. Bien sûr, il fallait qu'il soit dans la poche de mon manteau posé sur une chaise à l'autre bout de ma chambre. Je fais un bond pour sortir de mon lit et aller décrocher.

— Allô.

— Ma chérie, tout va bien ?

— Oui, pourquoi ?

— Une patiente t'attend depuis quinze minutes.

Je regarde l'écran pour voir l'heure, neuf heure quarante-cinq. Effectivement, je devrais être au cabinet depuis moins d'une heure.

— Je me dépêche, j'arrive.

Je ne lui laisse pas le temps de me répondre et raccroche en posant mon regard sur le sol. C'est alors que j'aperçois un morceau de papier, je m'agenouille pour le récupérer et le déplie.

Rendez-vous mardi au café St Paul à 12H.

Qui cela peut-il bien être ?

Je froisse le mot et le remets dans ma poche.

Après m'être apprêtée et maquillée comme je peux pour cacher mon teint fatigué et mes cernes, je descends à la cuisine pour prendre un médicament qui me fera vite disparaître cette horrible gueule de bois. Je mets mes bottines à talons, prends mon sac à main, ferme la porte à clé et cours jusqu'à la voiture.

Arrivée au cabinet, je me précipite à l'intérieur, la porte du bureau de ma mère est ouverte. Je m'y approche lentement, comme une enfant qui appréhende de se faire disputer.

— Alors, dur week-end ? commence-t-elle sans même lever les yeux vers moi.

— Je suis vraiment désolée, je vais voir ma patiente.

— Ce n'est pas la peine, elle est partie.

— Et merde, réponds-je en tapant du pied.

— Allez viens, on va boire un café, me dit-elle en se levant.

Nous avançons toutes les deux vers la petite cuisine. Ma mère sort deux tasses du placard qu'elle remplit avant de m'en tendre une.

— Donc, j'imagine que ce mariage s'est bien passé.

— A vrai dire, je ne m'en souviens pas vraiment, m'exclamé-je en posant mes mains sur mes joues. Et je ne sais même pas pourquoi j'ai bu autant.
— Tu as sûrement voulu plus t'amuser et tu as cru que l'alcool pourrait t'aider.
Je hausse les épaules en buvant une gorgée. Ça doit sûrement être ça. Le mariage a dû m'ennuyer et c'est vrai que contrairement à Armand qui a pu échanger aisément avec les convives, j'ai eu du mal à m'insérer dans les conversations.
— Ça va aller pour tenir aujourd'hui ?
— Il va bien falloir, dis-je.
Je finis mon café d'un coup et me dirige vers mon bureau. J'accroche mon manteau à sa place habituelle et m'installe à mon bureau.

Cette journée qui m'a semblé interminable touche à sa fin. Mon mal de tête m'a suivie toute la journée, j'ai dû écouter chaque patient, en faisant en sorte de montrer de l'intérêt à leur récit.
— J'y vais, chérie.
— D'accord, à demain maman, dis-je en levant les yeux de mes papiers.

— Ne reste pas trop tard, va te reposer.

Je lui envoie un baiser et me replonge dans ma lecture. La sonnerie de mon téléphone retentit, je termine ma phrase et me dirige vers mon manteau. C'est un message d'Armand qui me demande ce que je souhaite manger ce soir. Je lui réponds et remets mon téléphone à la même place. En plongeant mes doigts, je sens un bout de papier, je l'avais totalement oublié. Je le défroisse et le relis une nouvelle fois. C'est fou, mais en revoyant cette écriture, j'ai l'impression de la connaître. Je me pose devant mon bureau et examine encore et encore ce morceau de papier qui est dans un sale état. Cette écriture, cette simple phrase, j'ai déjà vu ce genre de petit mot. Et là, une idée me vient, j'ouvre d'un geste brusque un des tiroirs et en ressors la boîte en fer. Deux dessins, un collier et ce bout de feuille, je les mets côte à côte étalés sur mon bureau. Mes yeux s'écarquillent, c'est exactement la même calligraphie.

C'est Zack.

Je n'arrive pas à croire. Je m'affale sur ma chaise, sous le choc, des flashs me reviennent. Le soir du mariage, il était là, je lui ai parlé, c'est pour cela que je me suis mise dans cet état. Je n'ai pas supporté de le revoir et j'ai voulu l'oublier avec l'alcool. Certaines choses me reviennent, certaines scènes.

Je m'attache les cheveux en queue de cheval et me frotte les yeux. Ce n'est pas possible, tout ça ne peut pas être vrai, il ne peut pas être de retour ! Et en plus de ça, le rendez-vous est fixé pour demain. J'ai rendez-vous avec lui demain !

Chapitre six.

Cela fait dix minutes que mon corps ne tient plus en place. Je fais les cents pas. Les clients de la terrasse du café où a lieu notre rendez-vous me voient faire des allers retours devant eux. J'entends des pièces tomber sur une table et un couple partir en faisant traîner les pieds de leurs chaises sur le béton. Je les regarde s'éloigner et prends leur place. Mon visage posé entre mes mains, j'attends désespérément que Zack arrive.
— Mademoiselle ?
— Oui ? demandé-je en sortant de mes pensées.
— Est-ce que vous voulez boire quelque chose ?
Je redresse mon visage et fais glisser mes mains sur mes cuisses.
— Un café, s'il vous plaît.
Le serveur me sourit et débarrasse les verres des clients qui étaient installés à ma table juste avant.
— Et pour moi aussi ça sera un café, s'il vous plaît.

Zack apparaît derrière le serveur, qui se retourne pour voir à qui il a affaire. Zack s'installe face à moi sans même m'adresser un mot. Un long silence s'est installé entre nous. La seule fois où je ré-entend sa voix, c'est quand il remercie le serveur de nous avoir ramené nos commandes. Ce silence me rend folle, il faut que cela cesse.

— Je ne comprends vraiment pas pourquoi tu m'as demandé de venir.

— A vrai dire, je ne sais pas non plus, je crois qu'en te voyant l'autre soir, j'avais besoin de te dire certaines choses …

De nouveaux flashs du mariage me reviennent. Je nous revoie dans cette petite pièce, il range des bouteilles de vins et moi, j'étais là, à le fixer, exactement comme en ce moment même.

— Alors dis-les moi, je le reprends anxieuse.

— Je ne pensais pas que ça serait aussi dur.

— Je ne peux pas le faire à ta place Zack.

Il prend une gorgée de son café, tout en fuyant mon regard, comme si cette situation le mettait mal à l'aise, encore plus mal à l'aise que moi.

— Je voulais m'assurer que tu allais bien.

— Après tout ce temps ?

— Je sais, c'est nul venant de ma part.

— Huit ans Zack, il t'a fallu huit ans pour qu'enfin, tu te préoccupes de savoir si je vais bien.

— Je suis désolé, dit-il en se levant de sa chaise.

Et tu penses vraiment que ça va tout changer ? Que de simples excuses vont faire disparaître des années de souffrance ? Que cela va faire disparaître mes cauchemars et le visage du monstre qui m'a séquestrée ? Mais ça Zack, je ne peux pas te le dire, parce qu'il est trop tard, parce que ça ne sert à rien et parce que j'ai peur qu'en te disant tout ça, je m'effondre au milieu de tout ce monde. Et ça, il en est hors de question !

— Attends !

Par réflexe, je pose ma main sur la sienne pour le retenir, et la retire aussitôt comprenant mon geste étonnant, mais il se rassoit.

— Pourquoi maintenant ? reprends-je.

— Je ne sais pas, mais après tout, c'est bien toi qui m'as dit qu'on se retrouverait un jour.

— Sauf que tu es parti depuis bien trop longtemps, tu m'as laissée seule, Zack.

— Pour te protéger.

— J'étais folle amoureuse de toi.

— Mais aujourd'hui, tu es passé à autre chose et ton mari a l'air d'être quelqu'un de bien.

Il me sort cela comme un reproche.

— Nous ne sommes pas encore mariés ! Et on ne passe pas vraiment à autre chose après ce que nous avons vécu tous les deux !

— Tu n'as pas mérité tout ça.

— Et toi non plus.

C'était exactement les mêmes phrases qu'il y a huit ans.

— Peut-être, mais c'était il y a longtemps tout ça, nos vies ont bien changé maintenant, elles sont meilleures.

— Ta vie est meilleure toi ?

— On va dire qu'elle n'est pas pire que quand je vivais seul avec mon père.

— Et qu'as-tu fait pendant toutes ces années ?

— J'étais à Londres, chez mon cousin, j'ai enchaîné les petits boulots et voilà.

— Et tu es revenu ?

— Comme tu peux le voir.

— Londres ne te plaisait plus ?

— Si, mais j'avais envie de voir autre chose.

— En revenant ici ?

Il se racle la gorge : je devrais me contenter de cette réponse. Il jette alors un coup d'œil à sa montre.
— Il va falloir que j'y aille, dit-il en se levant une nouvelle fois.
— Attends, je vais t'accompagner, réponds-je en rassemblant mes affaires.
Je ne veux pas le laisser partir. J'ai envie d'être encore avec lui, comme si cette peur de ne plus le voir que j'avais ressentie il y a quelques années revenait peu à peu. Je le reprends en voyant qu'il ne réagit pas :
— Sauf si cela te dérange ?
— Pas du tout, il faut juste que je passe chez moi avant pour récupérer quelque chose.
J'acquiesce d'un sourire. Zack dépose un billet pour payer nos cafés et je le suis. Nous arpentons les trottoirs de la ville en silence, aucun de nous ne sait quoi dire.
— Nous y sommes, me dit-il en s'arrêtant devant une porte d'immeuble.
J'examine autour de moi. Je viens rarement dans ce quartier, il faut dire qu'il n'est pas le mieux réputé de la ville. C'est par ici qu'il y a le plus de cambriolages, que les dealers font leurs petites affaires. J'espère seulement que Zack n'a pas atterri dans cet endroit pour mal finir.

— L'ascenseur est encore en panne, râle-t-il.

Nous nous dirigeons pour le coup vers les escaliers. Heureusement, il vit seulement au deuxième étage. Il déverrouille sa porte et me laisse entrer avant lui. J'atterris directement dans son salon qui me paraît assez vide. Il est aménagé d'un canapé qui a déjà un certain âge, d'un petit fauteuil et d'un meuble disposant d'une télévision. Plus loin, une minuscule cuisine s'ouvre sur le reste de l'appartement. Je me retourne vers le bruit de pas de Zack qui s'éloigne vers une autre pièce. Il ré-apparaît quelques secondes plus tard en boutonnant la chemise qu'il vient d'enfiler.

— Je sais, l'appartement n'est pas ce qu'il y a de plus cosy, déclare-t-il en me voyant regarder partout.

— Tant que tu t'y sentes bien, c'est le principal, réponds-je.

Nous nous regardons dans les yeux, je me sens rougir.

— Je vais être en retard pour le travail.

Je mets quelques instants avant de réagir et me dirige vers la porte. Zack referme derrière lui et nous descendons les quelques marches que nous avions pris quelques minutes plus tôt. Nous atterrissons dans la rue, le temps en avait profité pour chasser le soleil contre un ciel gris, je ferme ma veste pour me réchauffer comme je peux.

— Je vais te laisser Ava.

Et comme une pulsion, je me serre contre lui. Je sens une de ses mains glisser dans mon dos. Je ne comprends pas mon geste, mais j'en ai envie, mon coeur en a envie.

Il se décale, dépose ses lèvres sur mon front.

— Et si c'est ce que tu souhaites, tu ne me verras plus.

— Ce n'est pas ce que je te demande.

Un sourire qu'il essaie de cacher tant bien que mal se dessine sur son visage.

— D'ailleurs est-ce que tu aurais un numéro, qu'on puisse rester en contact ?

— Je n'ai pas de téléphone, mais maintenant tu sais où j'habite. Tu peux être sûre de m'y trouver le soir.

— Très bien Zack, je garde cette information dans un recoin de ma tête.

— Fais attention à toi.

Et il s'en va sans même se retourner vers moi une seule fois.

— A toi aussi, Zack, chuchoté-je.

Chapitre sept.

— Ava, tu es magnifique !

C'est la quatrième robe de mariée que j'essaie et ma mère n'a que cette phrase à la bouche dès qu'elle me voit ouvrir le rideau qui nous sépare.

— Maman, comment veux-tu que je choisisse si tu me dis ça à chaque fois ?

— Je sais bien, mais tu es très belle dans chacune de ces robes, je n'arrive pas à en aimer une plus que les autres.

L'après-midi risque d'être long. Je tenais à avoir l'avis de ma maman pour le choix de ma robe de mariée. En même temps, sans aucune amie, je ne vois pas qui d'autre inviter pour ce moment important et puis, elle m'en aurait voulu de ne pas l'avoir fait participer un minimum.

— Je trouve que celle-ci vous va mieux que les autres.

La femme qui s'occupe de moi vient à mon secours voyant que je n'arrive pas à me décider avec tous ces essayages.

— Vraiment ? réponds-je en me regardant dans l'énorme miroir sous tous les angles possibles.
Elle est faite de dentelle du col au bassin et se prolonge d'une longue tulle blanche.
— Voulez-vous essayer avec un voile ?
— Ah oui !
Je me retourne vers ma mère assise derrière moi sur un canapé. Elle ne me lâche pas de ses yeux pétillants, assise telle une première élève heureuse à son premier jour d'école.
Le voile n'était pas prévu dans ce que j'imaginais mais j'accepte d'en essayer un pour faire plaisir à ma mère.
— Et voilà !
C'est vrai qu'au final, cette robe avec le voile ne me déplait pas vraiment.
— Ava, tu n'es pas magnifique, tu es parfaite ! me félicite-t-elle en se levant pour se rapprocher de moi.
Elle dépose ses mains sur mes épaules, les larmes aux yeux.
— C'est celle-ci, dis-je.
Je me trouve belle, je m'imagine déjà traversant l'église pour rejoindre Armand, admirée de tous nos invités. Je

suis sûre qu'elle va lui plaire autant que j'en suis conquise.

Nous quittons le magasin. J'ai préféré laisser ma robe et mon voile entre les mains de ma mère. Je sais qu'elle va en prendre le plus grand soin et je ne veux pas prendre le risque que mon futur mari tombe dessus. Je fais partie de ces personnes qui pensent que montrer sa robe avant le mariage porte malheur et je ne suis pas très douée pour cacher les choses. Chez mes parents, je peux être sûre que mes affaires sont à l'abri des regards indiscrets.

— Je suis rentrée !

Je dépose mon sac à main et ma clé de voiture sur la table du salon avant de m'approcher d'Armand pour l'embrasser.

— Les essayages se sont bien passés ? me demande-t-il.

— Secret, dis-je avec un grand sourire.

Je me débarrasse de mes talons et monte les escaliers pour rejoindre ma chambre. Je prends une tenue de sport dans mon dressing et m'habille.

— Tu veux venir courir avec moi ? je lui propose.

— J'ai encore beaucoup de travail, dit-il sans décoller son regard de l'écran de son ordinateur.

— Et ce soir, on sort ? Un petit restaurant, ça fait longtemps.
— Je n'aurai pas fini, il faut vraiment que je termine tout ce que j'ai à faire pour lundi.
Je vais donc devoir passer mon samedi soir seule. C'est dans ces moments-là que je regrette de ne pas avoir d'amis pour pouvoir sortir. S'il y a bien quelque chose que je n'aime pas chez Armand, c'est qu'il fait toujours passer son travail avant tout.
Je mets mes écouteurs et monte le volume de ma musique au maximum, ne voulant rien entendre d'autre que les douces notes de piano. En parcourant les rues de la ville, je me remémore ce rendez-vous avec Zack, j'essaie encore de comprendre pourquoi mon corps a atterri dans ses bras. La musique s'arrête net, je m'arrête pour comprendre ce qui ne va pas, écran noir, mon téléphone n'a plus de batterie. En relevant la tête et en enlevant mes écouteurs, je m'aperçois que je me trouve dans le quartier où vit Zack. Je m'avance vers son immeuble, lève les yeux vers les fenêtres qui pourraient correspondre à son appartement.
Il se trouve sur le rebord de l'une d'entre elles, une cigarette allumée à la main. Il ne me voit pas, trop occupé à

admirer le coucher de soleil disparaître peu à peu derrière le bâtiment en face du sien.

— Je vois que tu fumes toujours.

La rue est tellement calme que Zack m'entend sans problème, son regard descend vers le mien. J'ai vu qu'il m'a reconnue tout de suite, même avec l'obscurité qui est de plus en plus présente.

Il me lance un sourire et s'éloigne de la fenêtre. La porte d'entrée de son immeuble sonne sans s'arrêter, je comprends qu'il me propose de monter. Ce que je fais sans hésiter.

L'ascenseur encore en panne, je prends les escaliers, la porte de son appartement est grande ouverte.

— Je suis dans la cuisine !

Je prends soin de fermer la porte derrière moi et m'avance vers la voix de Zack. Il est de nouveau accoudé au bord de sa fenêtre continuant de fumer. Je m'adosse contre le mur à côté de lui, je ne le lâche pas des yeux, ses lèvres entrouvertes laissent échapper la fumée. Il me surprends en pleine admiration, ce qui le fait sourire. Et son sourire est toujours aussi magnifique.

— Tu en veux une ? me propose-t-il en me tendant son paquet de cigarettes.

Le paquet ouvert, j'en prends une et attrape le briquet posé sur le plan de travail de la cuisine. Après plusieurs essais, la flamme se montre enfin et allume le bout de la cigarette.
— Dure journée ? me demande-t-il en écrasant la sienne dans le cendrier.
— Qu'est-ce qui te fait dire ça, dis-je en lâchant ma première bouffée.
Il lance un regard vers la clope que je tiens entre mes doigts.
Il doit se souvenir qu'il y a huit ans, j'avais horreur de ça, que je détestais quand il fumait à côté de moi.
— Tu sais, depuis huit ans beaucoup de choses ont changé.
— J'aimerais bien savoir quoi.
— Quoi ? Tu veux que je te raconte ma vie ?
— Oui, mais que les bons moments de ta vie, je ne veux rien entendre de triste.
— Ça réduit beaucoup d'histoires, alors.
— Tant pis, Ava, je sais que quand je t'ai laissée tomber, je t'ai aussi laissée triste, j'ai besoin d'entendre que tu as été une femme heureuse, que je n'ai pas fait tout ça pour rien.

— Alors, c'est pour ça que tu es parti ? Tu pensais vraiment que je serais plus heureuse sans toi ?
Il acquiesce en déglutissant.
— J'ai mis du temps à vraiment retrouver la joie de vivre.
— Mais tu l'as retrouvé, me fait-il remarquer avec un petit sourire en coin.
J'écrase à mon tour ma cigarette, Zack nous sort deux bières de son réfrigérateur et nous nous installons sur son canapé.

Nos conversations durent des heures et des heures. Comme promis, je n'évoque que les bons souvenirs, les pays que j'ai visités avec ma famille pendant les vacances, mes études, les fous rires que j'ai pu avoir en écoutant les histoires de mon frère. A son tour, Zack me fait partager sa vie londonienne. Elle a l'air passionnante à l'écouter mais je sais bien que cela n'est qu'une partie.
En voulant me relever du canapé, j'oublie que quelques canettes de bières nous ont accompagnés, mon corps a bien du mal à se tenir correctement.
— Je vais te raccompagner.

— Mais non, ne t'en fais pas, ça va aller, je peux très bien rentrer toute seule.
— Ava, ne discute pas.

Nous remontons maintenant la rue, nous marchons l'un à côté de l'autre, l'air pur et les quelques minutes de marche m'ont bien aidé à éliminer l'alcool et reprendre le contrôle de mon corps.
— Je suis désolée, d'habitude, je ne bois pas tant que ça.
— C'est vrai qu'à chaque fois que je te vois, tu es dans un drôle d'état.
— Je sais, ça ne me ressemble pas, mais c'est de te voir Zack, ça m'a complètement chamboulée, alors je fais n'importe quoi.
Zack s'arrête devant moi.
— Ava, je ne veux pas te créer de problèmes, alors s'il le faut, je peux disparaître.
— Non.
Je lâche ce mot sans faire attention que je me trouve à quelques maisons de la mienne en pleine nuit.
— Je ne veux pas que tu me laisses à nouveau.
Toutes ces révélations, j'aurais été incapable de les lui dire sans l'effet de l'alcool. Nos regards ne se lâchent

plus, ses lèvres sont à quelques millimètres des miennes. Quand l'aboiement d'un chien résonne dans la rue calme, cela nous fait sortir tous les deux de la bulle qui s'était créée autour de nous pendant quelques secondes.
— Ma maison n'est plus très loin, je vais continuer seule.
Il acquiesce, je me mets sur la pointe des pieds pour déposer un bisou sur sa joue et continue mon chemin.

Arrivée devant chez moi, je me retourne. Il est toujours là au milieu de la route, il n'a pas bougé pour s'assurer qu'il ne m'arriverait rien sur les quelques mètres qui nous éloignent peu à peu l'un de l'autre. Même après tout ce temps, il a toujours ce réflexe protecteur envers moi.

Chapitre huit.

Assise à la table de la cuisine, je déguste mon thé en repensant à la soirée de la veille passée avec Zack.
— Qu'est-ce qui te fait sourire comme ça ? me demande Armand.
Plongée dans mes pensées, je ne l'ai même pas entendu entrer dans la pièce.
— De quoi ?
— Je te demande ce qui te fait sourire.
— Oh ! Rien d'intéressant, dis-je en mentant.
Je me lève précipitamment de ma chaise en terminant ma tasse avant d'aller la déposer dans l'évier. Je veux m'évader le plus vite possible de la même pièce qu'Armand, je sais qu'il va vouloir en savoir plus sur ma soirée de la veille.
— Dis-moi, tu es rentrée tard cette nuit.
— Oui, un peu, dis-je en m'arrêtant à l'entrée de la cuisine sans prendre la peine de me retourner.

Armand voit tout de suite quand je mens. Là, il faut simplement qu'il ne croise pas mon regard et que je fasse des phrases courtes.

— Où es-tu es sortie ?

— Dans un bar.

— Un bar ? Et avec qui ?

— Avec ma mère.

Je ferme les yeux réalisant que mon mensonge ne tient pas debout une seule seconde.

— D'accord et c'était bien ?

Je me retourne d'un coup vers lui, il est en train de regarder son ordinateur portable.

— Oui, enfin comme une soirée mère-fille quoi, continué-je en tentant une nouvelle fois de m'éloigner de la cuisine.

— Ah attends, je voulais te montrer quelque chose.

Je me détourne à nouveau agacée par mes aller retours.

— Regarde, j'ai fait un exemple de faire-part, j'ai commandé le nombre qu'il nous fallait, comme ça on pourra commencer à en envoyer.

— Quels faire-parts ?

Il me tend l'ordinateur pour que je puisse jeter un coup d'œil. En haut de l'écran se trouve le recto de couleur bleu ciel avec une photo de nous et un peu plus bas, sur le verso, il y a nos prénoms, la date et le petit texte de circonstance disant que nous sommes heureux de les inviter à notre mariage.

— Mais tu les as faits sans moi ?

— Oui, dans la semaine, me dit-il comme si de rien n'était.

— Sans moi ?

— Comme on avait parlé des modèles qu'on voulait à peu près, je m'en suis chargé.

Le pire dans tout ça, c'est que pour lui tout paraît normal.

— Cela ne te plaît pas ? demande-t-il me voyant déçue.

— Ce n'est pas la question, c'est juste que j'aurais voulu choisir avec toi.

— Mais tu sais, on a plein d'autres choses à faire encore pour le mariage, me dit-il en s'approchant de moi et en glissant ses bras autour de ma taille.

— Je sais, mais j'aimerais être impliquée dans chaque détail, c'est quand même mon grand jour.

— Notre grand jour, tu veux dire ? réplique-t-il avec un sourire en coin.

Je passe mes bras autour de son cou et approche mes lèvres des siennes. Entre deux baisers, il ajoute :
— En plus de ça, ma mère a validé les faire-parts.
Il venait de tout gâcher en quelques secondes, il avait quand même pris la peine d'en parler à sa mère avant de m'en parler à moi !
Armand est fils unique et très proche de ses parents, encore plus de sa mère. Il ne peut pas s'empêcher de tout lui confier. Il a besoin sans cesse de son avis pour tout et de lui faire plaisir à chaque fois.

Installée à mon bureau à relire quelques notes sur une de mes patientes,
— Tu veux du café, ma chérie ?
— Maman, ne m'appelle pas comme ça au travail, c'est loin d'être professionnel ! dis-je en souriant.
— C'est vrai, tu as raison Ava, me répond-t-elle en insistant bien sur mon prénom.
Elle s'assoie sur le siège devant mon bureau en posant une tasse près de moi, tout en continuant de jeter un oeil au papier que je tiens entre mes mains. Je sens qu'elle ne me lâchera pas.

— Tu veux me parler de quelque chose ? dis-je déconcentrée par son regard insistant.
— J'ai croisé Armand tout à l'heure, continue-t-elle avant de prendre une gorgée de sa tasse.
— Ah oui ? dis-je sans vraiment m'y intéresser.
— Oui, il m'a demandé comment s'était passée notre soirée mère-fille samedi soir.
— Maman, je suis désolée ... dis-je honteuse.
Je lâche la feuille de mes mains moites. J'étais loin d'imaginer qu'Armand irait jusqu'à lui en parler.
— Ne t'en fais pas, je t'ai couvert, mais pourquoi tu lui as inventé cela ?
Donc là, je dois chercher un mensonge pour expliquer mon autre mensonge.
— Parce que... Parce que si Armand avait su que j'étais sortie toute seule, il m'aurait fait la morale, dis-je en essayant d'être la plus crédible.
— Tu étais vraiment seule dans un bar ?
— Bah oui, avec qui voulais-tu que je sois ?
Je m'impressionne moi-même par mon sérieux. D'habitude, je n'arrive pas à mentir aussi longtemps, mais il est vrai aussi que les conséquences ne sont pas aussi importantes qu'aujourd'hui.

— En tout cas, la prochaine fois, invente un mensonge plus plausible ou dit la vérité tout simplement.
Je lui fais un sourire en guise de réponse et la laisse retrouver le patient qui l'attend pour son rendez-vous.

Après plusieurs heures sans vraiment d'interruption, je prends cinq minutes pour aller me chercher un sandwich à la boulangerie qui se trouve à quelques mètres de mon travail. Je croque dans mon repas sur le trajet du retour, mes yeux s'arrêtent sur un homme qui est de dos sur le trottoir d'en face, à discuter avec une jeune femme. Les battements de mon coeur s'accélèrent, cet homme ressemble tellement à Zack ! Si c'était lui, que pouvait-il faire avec cette fille ? Et pourquoi je ressens de la jalousie comme ça ? Au moment où il se retourne et prend la jeune femme par les épaules, je me sens soulagée de voir que ce n'est pas lui, mais un inconnu qui lui ressemble presque traits pour traits. Je les regarde s'éloigner, me secoue la tête pour enlever le film que je suis entrain de me faire et reprends mon chemin. En rentrant au cabinet, je jette un coup d'oeil dans le bureau de ma mère qui à la porte grande ouverte. Ne la voyant pas, je me dirige vers le mien.

— Mais maman, qu'est-ce que tu fais ? je m'exclame, stupéfaite de la voir chez moi, sachant presque ce qu'elle tient dans ses mains.

Je la surprends en train de regarder dans la boîte, ma boîte, un dessin à la main, elle a l'air désemparée.

— Depuis quand tu fouilles dans mon bureau ?

— Je cherchais quelque chose et je suis tombée sur cette boîte …

— Tu n'aurais pas dû voir ça ! dis-je en essayant de canaliser ma colère.

Je lui prends le dessin des mains et le range à sa place.

— C'est l'endroit où tu as été enfermée ?

— Oui… réponds-je après un moment d'hésitation.

— Et, qui est ce garçon sur l'autre dessin ?

— Personne.

Je sais très bien qu'elle ne se contenterait pas que de ça comme réponse.

— Tu es sûr de toi, Ava ?

— Oui, maman ! dis-je sur un ton autoritaire.

Je me rends compte de l'agressivité dans ma voix, ma mère ne sait plus où se mettre.

— Je suis désolée maman, c'est juste…

— Laisse, ne t'en fais pas mais tu sais que si tu ressens le besoin de parler, je suis là.
Et elle s'en va à la fin de sa phrase, les larmes aux yeux.
Je me sens coupable du comportement que je viens d'avoir, je déteste faire de la peine, encore plus quand il s'agit de ma mère.
J'attends la fin de la journée pour aller voir si je peux me faire pardonner. Je toque à la porte de son bureau
— Je viens en paix.
— Nous ne sommes pas en guerre, voyons ! me réconforte-t-elle en posant ses lunettes de vue.
— Je suis désolée, c'est juste que des images me viennent en tête par moment et le fait de les dessiner me permet un peu de les évacuer.
— Je comprends et moi aussi, je suis désolée, je n'aurais jamais dû fouiller dans ton bureau sans ton autorisation.
Je m'avance vers elle et me penche pour la prendre dans mes bras.
— Allez, va retrouver ton futur mari.
— À demain, lui réponds-je.
En repartant, je mets mes mains dans les poches de ma veste pour vérifier que j'ai bien mon téléphone avec moi

quand je sens la texture d'un papier. Je le retire et le déplie.

— Ça va chérie ?

— Dis-moi, quelqu'un en dehors des patients, est-il venu aujourd'hui ? je la questionne en me retournant.

— Non, enfin je ne crois pas, pourquoi ?

Cette écriture.

— Non, comme ça.

Zack me donnait un nouveau rendez-vous.

Chapitre neuf.

Assise à mon bureau, dans l'obscurité, seul l'écran de mon ordinateur éclaire mes dossiers étalés devant moi. Je n'arrive pas à me concentrer sur ce que je lis, je m'écroule sur le dossier de ma chaise en essuyant mes yeux fatigués. Je repense à ma dispute avec Armand. La veille au soir, il m'a annoncé qu'il avait choisi le traiteur de notre mariage. Cette fois-ci, j'étais sortie de mes gonds. Après les faire-parts, il avait de nouveau organisé quelque chose de son côté sans me demander mon avis. Mais je repense aussi et surtout à Zack, à son nouveau mot.

« Une dernière nuit »

Cette phrase résonne dans ma tête. C'est quelque chose que j'ai tellement voulu, rêver, espérer, fantasmer, qui n'est jamais arrivé, jusqu'à ce soir. Je savais comment

cela allait finir, mais je ne peux pas faire cela à Armand, même si au fond de moi, j'en crève d'envie ! Dois-je rester raisonnable ? Ou écouter mon cœur sans me préoccuper des conséquences ?
Tandis que je médite toujours devant ce bout de papier, je reçois un message d'Armand me demandant à quelle heure je compte rentrer. Son message est tellement froid, je sens à travers ces quelques mots qu'il est encore énervé et je ne veux pas rentrer pour subir une dispute de plus. Je lui réponds en lui inventant que je compte rentrer tard pour avancer sur mon travail. Je lâche mon téléphone en prenant soin de l'éteindre, pour ne pas prendre le risque de retomber sur un autre message de ce genre. Je reprends le mot de Zack entre mes doigts et sur un coup de tête, je me lève de ma chaise la faisant rouler sur quelques centimètres. Je saisis mon manteau, mon sac à main et ferme le cabinet à clé. Au volant de ma voiture, je peux apercevoir son immeuble, je me gare et m'approche timidement. Je le vois faire les cents pas devant la fenêtre de sa cuisine, et souris comme une idiote.
— Oui ?
Sa voix résonne dans l'interphone.
— C'est moi, réponds-je simplement.

Je pousse la porte d'entrée et monte les deux étages. Je m'approche de son appartement, sa porte est entrouverte, je la pousse un peu plus pour faire mon apparition.
— Je ne t'attendais plus.
— Désolée, pour être honnête, j'ai hésité à venir.
— Je comprends.
Je retire mon manteau et le pose, accompagné de mon sac sur le fauteuil, en m'approchant de la cuisine. Une odeur me vient aux narines, je la reconnais, cette odeur de pizza, exactement la même qu'il y a huit ans.
— Tu as reconnu ? me demande-t-il.
— Bien sûr que oui, tu sais bien que je n'ai rien oublié, même pas les petits détails.
— Comme tu peux le voir, je ne suis toujours pas devenu un grand cuisinier.
Ce n'est pas grave Zack, bien au contraire, je suis heureuse de voir que tu n'as rien changé, que tu restes tel que tu es, tel que je t'ai aimé.
Il m'invite à m'asseoir sur la chaise dont je suis proche, et fait de même en s'installant en face de moi. Une petite table carrée nous sépare, je peux sentir son parfum d'ici, il n'a pas changé lui non plus.
— Ton sourire, je n'ai jamais pu l'oublier.

Il est vrai que je ne le lâche pas des yeux et souris sans vraiment me contrôler.
— Je n'ai jamais pu t'oublier tout court.
Il sourit de mes propos.
— Je veux juste que tu sois conscient de quelque chose.
— Dis-moi.
— Je vais me marier, Zack.
— Je le sais, dit-il déçu en mordant dans sa part de pizza.
— Et que cette nuit est considérée comme l'adieu que nous n'avons pas pu avoir il y a huit ans !
Il finit sa bouchée et l'essuie à l'aide d'une serviette en papier.
— Mais avons-nous des limites pour cet adieu ?
— Aucune.
Je ne réfléchis même plus aux mots qui sortent de ma bouche. Nous finissons la pizza en nous remémorant nos quelques moments ensemble. Cela me réchauffe le coeur d'entendre Zack évoquer nos souvenirs, moi qui étais persuadée que tout ce que nous avions vécu n'avait pas compté pour lui.
Après le repas, nous nous asseyons sur son canapé après que Zack m'ait proposé d'ouvrir une bouteille de vin pour poursuivre notre conversations.

— J'ai une question.

— Tu n'as pas changé là-dessus, tu as toujours des questions à poser, me dit-il avec son plus beau sourire avant de porter le verre à ses lèvres.

— Ai-je le droit de la poser quand même ?

— Je t'écoute.

— Pourquoi es-tu revenu dans cette ville ?

— Et toi ?

— On ne répond pas à une question par une autre question.

— Eh bien, dis-toi que je m'améliore, avant j'avais du mal à y répondre tout court.

— Ce n'est pas faux, mais alors explique-moi ? Pourquoi ?

— Je ne sais pas vraiment, Londres est une belle ville, mais ce n'est pas chez moi et je me suis rendu compte aussi que fuir ne servait à rien. Cela ne changera en rien ma vie d'avant…

Il parle tellement bien.

— Mais qui êtes-vous ? Et qu'avez-vous fait de mon Zack ?

— Ton Zack ?

— Pardon, c'est sorti tout seul.

— Avec le temps ton Zack, en insistant bien sur « ton », a compris qu'il ne devait plus attendre pour faire ou dire les choses.
— Et qu'a-t-il envie de faire là, maintenant ?
— Quelque chose qui pourrait déplaire à ton mari.
— Mais est-ce que cela peut me déplaire à moi ?
Son visage s'approche du mien doucement, il prend son temps comme s'il voulait me faire attendre. Mais il voit bien dans mon regard et dans mon souffle qui s'active que j'en meurs d'envie, et là ses lèvres touchent enfin les miennes. Des milliers de papillons crépitent, s'envolent dans mon ventre, comme si cela était notre premier baiser.
— Alors, est-ce que cela te déplait ?
— Je ne sais pas trop.
C'est un « je ne sais pas trop » qui veut dire « j'en veux plus ». Zack ne me laisse le temps de réfléchir et prends les devants. Nos lèvres ne se quittent plus comme si elles avaient besoin l'une de l'autre. Zack m'attire à lui pour que j'atterrisse sur lui. Il hôte mes habits un à un, ses mains parcourent mon corps tandis que les miennes restent enlacées autour de son cou. Il me soulève en passant ses mains sous mes cuisses pour me porter jusqu'à sa

chambre. Mon esprit part ailleurs, Zack est tout ce qui m'importe en cet instant.

Nos deux corps, l'un contre l'autre, se retrouvent dans un lit, tous les deux *nus et épuisés*. Je viens de vivre un moment que je n'ai pas ressenti depuis des années.

Ma tête sur son bras, il s'amuse avec mes cheveux du bout de ses doigts, aucun de nous deux ne sait quoi dire, alors nous fixons le plafond en essayant de reprendre notre souffle convenablement.
— A quoi penses-tu là, maintenant ? dis-je pour briser ce silence qui devient trop pesant.
— Le truc, c'est que je n'ai aucun mot pour décrire ce qui vient de se passer.
— Dis-moi au moins si c'est positif ou négatif ?
— Tu plaisantes, j'espère ?
Je me lève d'un coup pour lui faire face, redoutant sa réponse. Et s'il n'avait pas vécu ce moment comme moi ?
— C'était bien plus que positif...
Une main sur ma poitrine, mon cœur reprend un rythme normal après cette frayeur.

— Attends, j'aimerais que tu fasses quelque chose pour moi.

Je le vois me tourner le dos pour attraper quelque chose qui se trouve sous le lit, et saisis d'une main une tablette tactile. Je ne vois pas où il veut en venir.

— Tiens, me dit-il en me tendant l'objet.

Une application avec des touches de piano sur l'écran.

— Tu m'avais promis de m'en jouer un jour, c'est vrai que ce n'est pas un véritable piano mais j'ai fait avec ce que j'ai pu.

— Tu t'en es souvenu ?

— Je me souviens de tout, Ava.

Un frisson parcourt mon corps.

— Tu sais que depuis notre évasion, je n'ai jamais réussi à rejouer un morceau correctement.

— Mais pour moi, tu vas y arriver.

Je le regarde, ses yeux sont focalisés sur l'écran, prêt à écouter. Je ne veux pas le décevoir, et tenir ma promesse en même temps.

J'appuie sur une touche pour écouter le son qui en sort, et pose mon regard sur Zack.

— Je t'écoute, me dit-il sans lâcher l'écran.

Je prends une grande inspiration et me lance, je joue mon morceau préféré. J'oublie Zack pendant quelques instants, concentrée sur les notes qu'émet la tablette. Cela ne vaut pas la douce mélodie d'un piano, mais cela me fait du bien de voir que je suis encore capable de jouer ainsi, sans faire d'erreur.

— Je ne regrette pas d'avoir attendu autant de temps, me dit-il les yeux ébahis.

Il me serre contre lui tout en caressant un de mes bras et nous nous endormons comme ça.

Je me réveille à l'aide de la lumière du soleil qui envahit la chambre. Je me lève avec l'idée de nous préparer des tasses de café. J'enfile un t-shirt de Zack qui traîne sur la commode, prends deux tasses dans un placard de la cuisine en attendant que le café se prépare. J'en profite pour récupérer mon téléphone dans mon sac avant de retrouver le lit. Je l'allume pour voir l'heure et là, plusieurs messages et appels manqués apparaissent sur mon écran, tous d'Armand. Je dépose les tasses sur la commode et jette un coup d'œil.

« *Où es-tu ?* »

« *Je m'inquiète Ava.* »

Je prends peur. Qu'est-ce que je vais lui dire ?
J'avale une gorgée de mon café et commence à chercher mes vêtements. Malgré mes pas de loup, mon agitation réveille Zack.
— Qu'est-ce qui se passe ?
— Je ne pensais pas qu'il était si tard, dis-je en enfilant mon jean.
— Tu ne peux pas rester un peu plus ?
— Il faut vraiment que j'y aille.

Chapitre dix.

Zack.

— Il faut que j'y aille.
Je la regarde bouger dans tous les sens et s'habiller à la vitesse de l'éclair. Je sors du lit aussi et prends juste la peine d'enfiler un jogging qui traîne sur le sol et la suis jusqu'à la porte d'entrée.
— Au revoir, Zack.
Elle m'embrasse sur la joue et je la regarde dévaler les escaliers. C'est un nouveau au revoir, encore, sans savoir si on se reverra un jour.
Je rejoins la fenêtre de ma cuisine pour la regarder partir. Elle me lance un dernier regard, comme si elle avait deviné que je la surveillais et monte dans sa voiture. Je retourne dans ma chambre. Deux tasses de café sont posées sur la commode, Ava avait surement dû nous en préparer.

Je prends une gorgée de l'une d'elle et me rallonge sur le lit. Je prends l'oreiller sur lequel elle a dormi, j'hume son odeur et repense à chaque seconde de notre nuit. J'aurais tellement voulu que cette nuit change tout, qu'elle reste avec moi, qu'elle se rende compte que nous avons besoin l'un de l'autre, qu'elle m'aime, comme je l'aime.

Ava.

Il est plus de huit heures quand je me faufile à l'intérieur de ma maison, des pas rapides s'avancent vers moi.
— Tu étais où ? J'étais mort d'inquiétude.
Sur le chemin du retour, j'ai réfléchi à toutes les excuses possibles qui auraient pu passer auprès d'Armand sans qu'il pose trop de questions.
— Je me suis endormie au bureau.
Je continue mon chemin vers la cuisine en me débarrassant de mon sac à main pour préparer un café.
— Et toi, tu n'es pas au travail ? continué-je.
— Quoi ? Je n'ai pas dormi de la nuit Ava, j'ai essayé de te joindre plusieurs fois, je pensais qu'il t'était arrivé quelque chose, j'étais même prêt à appeler la police…

— Excuse-moi, j'avais juste pas mal de travail…
Je peux voir son visage fatigué, il a l'air tellement abasourdi par mon comportement.
— Je vais prendre une douche.
Je veux mettre un terme à cette scène. Je le laisse en plan dans la cuisine, aucun baiser, aucun geste d'affection. C'est plus fort que moi pour le moment. Je m'enferme dans la salle de bain, laisse l'eau de la douche couler et m'assoie sur le carrelage froid pour laisser mon chagrin s'évader peu à peu. L'odeur de Zack envahit mes vêtements. Je dois m'en débarrasser, comme si mon corps rejetait ce parfum , alors qu'en vérité, la seule chose que je ne peux plus supporter, c'est cette nuit. Même si elle a été magique, même si j'ai eu besoin de vivre ce moment, je me rends compte maintenant des conséquences. Je viens de trahir celui qui partage ma vie.

Quelques jours plus tard ...

Après avoir raccompagné une de mes patientes à la sortie, je fais un saut dans la petite cuisine pour prendre de quoi grignoter. En revenant à mon bureau, je tombe nez à nez avec Armand.

— Qu'est-ce que tu fais là ?

— Je voulais te faire une surprise.

Son regard est scotché sur une feuille entre ses mains, je réalise au même moment que ma boîte est ouverte sur mon bureau.

— Je peux savoir pourquoi tu as dessiné cet homme ? reprend-t-il en plongeant ses yeux dans les miens.

— Mais qu'est-ce que vous avez tous à fouiller dans mon bureau ? Je m'agace en tentant de saisir le dessin de ses mains.

— Peut-être que si tu t'exprimais un peu plus, on ne serait pas obligé d'en arriver là !

Mon sang ne fait qu'un tour. Cette fois-ci, je réussis à le lui arracher des mains et le déchire, mes yeux brouillés par les larmes. J'essaie tant bien que mal de rassembler mes affaires et mes souvenirs pour les ranger.

— Il a un rapport avec ce qui t'es arrivé, c'est ça ?

— Bien sûr que non.

— Je l'ai reconnu, je sais que c'est le serveur qui était au mariage.

— Sûrement… je n'en sais rien.

— Pourtant, tu étais bien avec lui à la terrasse d'un café, il y a quelques jours.

Je me fige à ses paroles, comment pouvait-il le savoir ?

— Comment tu ...

— On me l'a dit. Je ne voulais pas y croire au début mais ce dessin change tout.

— J'étais avec lui au lycée, on a parlé de nos vies, c'est tout.

Et un mensonge de plus.

— Pourtant, il paraît que vous étiez assez proches.

— Je ne sais pas qui t'a rapporté ça, mais c'est faux, c'est juste une connaissance, je ne le reverrai sûrement jamais.

— Et pourquoi l'as-tu dessiné ?

— Je n'en sais rien, j'ai été surprise de le revoir. J'ai eu une insomnie il y a quelques jours. Je l'ai dessiné sans m'en rendre compte.

Il s'approche de moi et me prend dans ses bras avant de déposer ses lèvres sur mon front.

— Bon, prends tes affaires, on va aller préparer nos valises, on a de la route à faire.

— De la route ? demandé-je perdue.

— Oui, on part en vacances chez mes parents.

J'avais complètement oublié, ses parents nous avaient invités quelques jours auparavant chez eux, dans le sud pour que nous puissions nous reposer un peu. Loin de là ravie d'aller voir mes chers beaux-parents, je me dis que cela ne peux pas me faire de mal et pourra peut-être me permettre de me remettre les idées en place. J'ai aussi besoin de passer un peu de temps avec Armand pour que Zack prenne moins de place dans ma tête.

***

— Ava, réveille-toi mon cœur, nous sommes arrivés.

Mes yeux me piquent par le manque de sommeil. Je me retrouve avec des courbatures dans le haut du corps, sûrement lié à la position que j'ai prise pendant mon sommeil. Armand coupe le contact au moment où la porte d'entrée de la demeure s'ouvre permettant d'allumer la lumière extérieure. Ma belle-mère, Rosalie, s'avance seule, vers nous. Je crois bien que même avec ces quelques heures de trajet, cela ne m'a pas suffi à me préparer psychologiquement pour passer autant de temps en sa compagnie. La mère d'Armand est quelqu'un qui aime se mettre en valeur devant les autres. Très coquette, elle est toujours au petit soin pour son unique enfant. La première fois que j'ai été invitée à passer quelques jours chez eux, j'ai dû prendre sur moi pour ne pas exploser. J'ai eu le droit d'être comparé à l'ex petite amie d'Armand, par rapport à mon physique, à mon intelligence et tout autre caractéristique qu'elle ne pouvait pas connaître de moi depuis les quelques heures de notre rencontre... Depuis ce jour-là, j'ai su que tout allait être compliqué entre nous.

— Bonjour mon fils, alors le voyage s'est bien passé ? Il n'y a pas eu trop de circulation ?

— Bonjour maman, excuse-moi mais je suis fatigué, j'ai conduit tout le long.

— Comment ça ? Ava, vous ne l'avez pas relayé ? Ce n'est pas prudent de laisser Armand conduire autant.

Et c'est reparti. Je ne réponds pas, je lui fais simplement la bise par pure politesse et me traîne jusqu'à la chambre que nous prenons habituellement. J'enfile in extrémis mon pyjama et plonge dans les draps frais sans prêter attention à ce que peut faire mon compagnon. Tout ce que je souhaite, c'est d'éviter les piques de ma chère belle-mère, une discussion de plus avec Armand qui pourrait générer une énième dispute. Je me rendors avec comme seule image, le visage de Zack.

Je bois mon thé tout en essayant de rester concentrée sur les paroles de Rosalie, mais il faut dire que sa voix et les mots qu'elle emploie m'horripile assez vite. Souvent, je fais en sorte de penser à autre chose.
— D'ailleurs Ava, commence-t-elle en cherchant mon regard.
— Oui ? dis-je en posant ma tasse.
— Je t'ai sorti ma robe de mariée pour que tu puisses l'essayer.
Je me retourne vers Armand assis à côté de moi pour qu'il puisse venir à mon secours.
— Armand, tu ne lui as pas dit ?
— Dis quoi ? Renchérit-il. Maman veut t'offrir sa robe en guise de cadeau de mariage.
Une fois de plus, il n'a pas su dire non et me laisse endosser le mauvais rôle.
— C'est très gentil de votre part, mais j'ai trouvé la robe parfaite. Si vous voulez, j'ai des photos de mon essayage. Je déverrouille mon téléphone pour lui montrer

Elle me fait un signe de la main pour me faire comprendre que cela ne l'intéresse pas le moins du monde.
— Armand, tu sais ce que cette robe représente pour moi, si ...
— Oui, je sais, si tu avais eu la chance d'avoir eu une fille, elle en aurait hérité.
Je termine rapidement le reste de ma boisson chaude et me lève de table les laissant seuls.

— Ava, tu peux juste l'essayer pour lui faire plaisir au moins ?
Cela fait dix minutes que je fais les cents pas à écouter Armand assis sur le lit à essayer de me convaincre de porter cette foutue robe.
— Très bien, je vais l'essayer pour lui faire plaisir mais je ne la porterai pas le jour du mariage, tu m'entends ?
— On verra ...
Je laisse tomber et claque la porte derrière moi pour rejoindre Rosalie dans une des pièces de son immense demeure.

— Elle te va à ravir.

Comment une robe datant des années quatre-vingt et bouffante pourrait-elle m'aller ? J'ai beau me regarder sous toutes les coutures, je me trouve affreuse, énorme et j'en passe. Elle est loin du coup cœur que j'ai eu pour la robe que j'ai choisie il y a quelques semaines avec ma mère.

— C'est quand même dommage de dépenser une fortune alors que tu peux avoir celle-ci en cadeau. En plus, tu pourras l'offrir à ta fille plus tard ...

— Mais vous savez Rosalie, la robe est déjà achetée.

— Tu peux trouver une excuse pour la rendre, dit-elle en tournant autour de moi pour m'admirer.

Elle a toujours réponse à tout.

— Je suis désolée Rosalie, mais j'aimerais avoir le choix de ma robe pour mon mariage et mon choix est déjà fait, dis-je en gardant mon calme.

Elle s'arrête net, le regard noir.

— Je ne sais vraiment pas ce que mon fils te trouve.

Sur ces mots, Rosalie quitte la pièce sans s'inquiéter une seule seconde du mal que sa phrase ait pu me faire. Je décide de me rhabiller en ravalant mes larmes et sors à mon tour de ces quatre murs pour aller prendre un peu l'air. Le soleil bat son plein, je ferme les yeux et prends une grande inspiration en profitant de la chaleur qui caresse mon visage.

— Armand, où es-tu chéri ?

L'agaçante voix de Rosalie résonne dans la maison par-delà les fenêtres ouvertes. Je traverse la terrasse, me rends dans le salon où un piano trône fièrement au milieu de la pièce. Je m'y installe et joue quelques notes pour m'apaiser et surtout pour dissimuler les cris de Rosalie.

— Alors, je t'offre un piano, tu refuses d'en jouer, mais chez mes parents, tu t'y donnes à cœur joie ! s'insurge Armand en s'approchant de moi.

— On va dire que j'avais besoin de décompresser.

— Je sais que ma mère n'est pas toujours facile.

— Elle me déteste, Armand.

— Bien sûr que non.

— Tu ne vois rien ? Elle n'arrête pas de me juger, je ne suis pas assez si, pas assez ça, elle a même osé dire qu'elle ne savait pas ce que tu pouvais me trouver.

— Elle a dit ça sous le coup de la colère.

— On sait très bien comment ça finit tout ça, tu vas encore me faire tout un monologue pour que j'accepte de faire plaisir à ta mère.

— Pourquoi est-ce si compliqué de ta part ?

Je lui lance un regard noir, n'ayant plus la force de me défendre.

— Accepte de porter cette foutue robe et on n'en parle plus.

Enervée, je me lève d'un coup. Une fois de plus mon horrible belle-mère a eu le dernier mot. Décidément, ce mariage n'aura rien de celui dont j'ai rêvé depuis toute petite.

Après ces deux semaines interminables dans le sud, nous rentrons chez nous. Depuis ma dispute avec Armand à propos de cette robe de mariée que sa mère et lui m'ont imposé, j'ai arrêté de me mêler des détails de mon mariage. Par moment, c'était à se demander si ce n'était pas à sa mère qui comptait dire oui devant le prêtre. J'ai passé des jours à être le plus loin possible des personnes qui m'entouraient. Je restais soit enfermée dans la chambre à lire tout ce qui me passait sous la main ou bien, à visiter la ville que je connais pourtant par cœur.

Armand me parle depuis une heure, je l'écoute et lui réponds vaguement en regardant le paysage se dérouler, ma tête appuyée contre la vitre.

— ... tu es d'accord ?

— ...

— Ava ?

— Oui ?

— Tu ne m'écoutes pas ...

— Excuse-moi, j'étais dans mes pensées ...

— Alors, je te disais, maman nous a donné de bonnes idées pour le mariage. Déjà dès qu'on arrive à la maison, je commande de nouveaux faire-parts pour ses amis et demain, je préviendrai le traiteur pour prévoir plus de nourriture ...

— Attends Armand, on ne va quand même pas inviter des personnes que j'ai jamais vues ! lui dis-je.

— Eh bien, tu feras leur connaissance au mariage.

— Connaissance ? Au mariage ? Mais tu entends ce que tu me racontes ? je m'écrie exaspérée.

— Qu'est-ce qui t'arrive ? demande-t-il en quittant d'une main le volant pour venir caresser ma joue.

— Il n'y a plus de mariage !

Je retire sa main, je n'en peux plus. Je ne peux plus supporter le comportement d'Armand, je ne supporte plus d'être mise à l'écart pour l'organisation de mon propre mariage.

— Quoi ? Qu'est-ce que tu racontes ?

— Tu as très bien entendu, il n'y a plus de mariage.

Chapitre onze.

— Ava, tu ne peux pas me demander ça.

Je fais les cents pas dans le salon. Je viens de redire à Armand que je souhaite annuler le mariage.

— Mais Armand, tu vois bien que rien ne va en ce moment !

— C'est dû au stress du mariage, une fois que ça sera passé, tout ira mieux.

— Ce n'est pas juste le mariage, c'est nous Armand, notre couple.

— Et qu'est-ce qu'il a notre couple ?

— On ne communique plus, même pas pour le mariage. Je n'ai pas mon mot à dire dans quoi que ce soit. Tu te rends compte que mon mariage ne ressemble en rien à ce que j'avais imaginé ?

— Quoi ? Mais tu étais d'accord à chaque fois !

— Parce que tu ne m'en laissais pas le choix.

— Alors, ça va être ma faute ?

Je ne sais plus quoi lui répondre, je suis à deux doigts d'exploser. Je quitte la pièce pour aller me réfugier dans la chambre.
— Attends, Ava, on n'a pas fini de parler.
Je claque la porte pour lui faire comprendre que pour moi, cette conversation est terminée.

Zack.

Cela fait deux semaines que je n'ai pas de nouvelles d'Ava. J'ai espéré plusieurs fois qu'elle débarque chez moi à l'improviste, mais en vain. Je suis même passé devant chez elle quelques fois. Tout était fermé encore il y a quelques jours.
— Tony, on a besoin de toi !
Mon collègue m'impose des assiettes remplies, je le suis en salle pour servir les clients qui ont commandé des plats qui se trouvent dans mes mains.

A la fin du service, je sors par l'arrière cuisine pour me retrouver dans une ruelle, et saisis mon paquet de cigarettes d'une de mes poches de jean et en allume une. Je crache la fumée les yeux fermés en essayant de me vider la tête.

Depuis notre nuit, Ava, je suis incapable de dormir correctement. Depuis ton départ, je suis incapable de dormir dans mon lit, je sens encore ton odeur dans les draps. Quand je rentre dans ma chambre, je t'imagine endormie, enroulée dans la couette, tes cheveux en bataille, ta bouche un peu entrouverte, ce qui te rend encore plus sensuelle que d'habitude. Cela fait deux semaines que je suis sans nouvelles de toi, des semaines que je squatte mon canapé, que je ressemble à un zombie. Je ne pense qu'à toi. C'est horrible, frustrant, douloureux. Toutes les émotions sont réunies en moi et je me sens de plus en plus incapable de vivre sans toi.
— Toi là !
Cette voix enragée me sort de mes songes.
— Tu vas laisser Ava tranquille.
Je mets du temps à reconnaître l'homme qui m'agresse, mais en le voyant s'approcher peu à peu, je peux reconnaître le futur mari d'Ava.
— De quoi tu parles ?
— Je sais que vous vous voyez en secret.

— Elle est assez grande pour savoir ce qu'elle fait.
— Nous somme presque mariés.
— Oui, presque, insisté-je.

La haine se lit dans son regard, prend de l'ampleur dans ses yeux, il a les poings serrés. L'un d'eux atterrit dans mon visage malgré ma cigarette allumée. Je mets une main à l'endroit où il vient de me frapper avant de lui sauter dessus. A genoux sur lui, je lui inflige plusieurs coups dont un sur son visage. Il a tout ce que je n'ai pas, il a tout ce dont je rêve, une famille, une vie paisible sans problème, Ava… La rage vient de prendre possession de moi.

Voyant mon poing levé, maculé de sang, mon cerveau se fige sur une image : mon père me fracasse au sol, je me vois à la place d'Armand, le visage abîmé. Huit ans auparavant, j'étais à sa place et aujourd'hui, je prends la place de mon père, de la personne que je déteste le plus au monde. Je me relève, laissant Armand s'enfuir, essuyant de sa manche le sang qui coule sur son visage.

Les battements de mon cœur n'arrêtent pas d'accélérer, la haine ne disparaît pas. Je frappe un coup dans le mur pour essayer de l'évacuer. Je sens mes phalanges me brûler. J'abandonne mon travail et rentre chez moi en essayant de faire mon possible pour me calmer.

Ava.

Une tasse de thé à la main, je suis plongée dans ce roman que ma mère m'a conseillé. Je suis de retour à la maison depuis dix minutes, après avoir arpenté la ville en voiture avec la musique à fond. Je me sens enfin calme et prête à discuter de nouveau avec Armand. Je l'entends claquer la porte et arriver sur moi. Je lève les yeux et pose précipitamment la tasse de mes mains.
— Qu'est-ce qui t'est arrivé ?
— C'est ton Tony.
— Quoi ?
— J'ai voulu le remettre à sa place et voilà, il m'a sauté dessus.
Son visage plein de sang, ses hématomes, cela me rappelle tellement de mauvais souvenirs. Je cours jusqu'à la salle de bain pour prendre de quoi nettoyer son visage.
— Assieds-toi, lui dis-je en indiquant le canapé.

— En tout cas, je peux t'assurer qu'il ne reviendra pas te voir de si tôt.

Je suis exaspérée par tout ça, je dois régler cette histoire une fois pour toute. Zack a pris trop d'importance dans ma vie et ce n'est plus possible.

Je laisse Armand en plan et me précipite au-dehors de chez moi sans même écouter ce qu'il veut me dire.

Je m'avance, sûre de moi vers l'immeuble de Zack. Je sais qu'il est chez lui. La fumée d'une cigarette s'évade du cendrier qui trône sur le rebord de la fenêtre de sa cuisine. Je crie à l'interphone après avoir sonné plusieurs fois :

— Zack, c'est moi !

Je monte les marches deux par deux avant d'entrer dans l'appartement où Zack m'attend à la porte. Je m'avance, déconfite, d'un pas lourd pour lui faire comprendre combien ma colère est immense.

— Tu te rends compte de ce que tu as fait ?
— Ava, écoute-moi…
— On ne règle pas ses comptes avec la violence. Tu es très bien placé pour le savoir en plus…

— Dis ça à ton futur mari plutôt, me dit-il en haussant la voix.
— Je ne veux plus que tu m'approches Zack.
— Ava, non, ne me laisse pas, on vient seulement de se retrouver, tu ne peux pas me demander ça !
— Je ne te veux plus dans ma vie, tu entends ? Tu mets trop de bordel, comment veux-tu que je continue à protéger ton identité avec tout ce qui se passe depuis ton retour ? Je passe mon temps à mentir à mes proches, à Armand, pour ne pas qu'ils apprennent la vérité...
— Tu m'en veux toujours, c'est ça ?
— Tu oses me demander si je t'en veux toujours ? Bien sûr que je t'en veux putain ! J'ai été honnête avec toi, je t'ai ouvert mon coeur, je t'ai protégé, je suis carrément tombée amoureuse de toi. Je t'ai aimé, je ne savais même pas qu'il était possible d'aimer à ce point une personne qu'on connait aussi peu. Et toi ? Tout ce que tu as su faire c'est partir, reprendre une autre vie, en me laissant là, seule. Tu m'as laissée toute seule pour affronter cette douleur insurmontable. J'ai souvent cru que j'allais mourir de chagrin. Tu m'as abandonnée. Tu m'as abandonnée comme une vulgaire chose dont tu n'avais plus besoin. Je t'ai longtemps aimé mais je t'ai aussi longtemps haï.

C'était ça, ton but dans l'histoire, te servir de moi ? Cela t'aidait à te sentir plus homme à côté de ce que tu vivais ? Tu m'écoeure. Si j'avais su, je me serais laissée mourir de faim dans cette cave plutôt que de tomber amoureuse de toi. Il y aurait eu beaucoup moins de dégâts et de souffrances.
— Je suis parti pour te protéger …
— Ta gueule !
Cela sort de moi comme si mon coeur n'attendait que ça. Je prends mes affaires et m'en vais sans lui montrer les larmes qui se battent pour s'échapper sur mon visage. Il n'a même pas essayé de me rattraper. Nous avons tous les deux compris que tout était fini maintenant.

Je me retrouve devant la maison de mon enfance, le seul endroit où je peux retrouver du réconfort. Je toque à la porte d'entrée, seule la lumière de la chambre de mon frère est allumée. Je cherche la clé que mes parents m'ont laissé il y a quelques mois quand ils m'ont demandé de venir arroser les plantes et prendre le courrier pendant les vacances. Je referme délicatement et monte les escaliers en direction de la chambre de mon frère.
— Tu es tout seul ?

— Oui, les parents sont invités chez des amis.

Il se décale de son bureau en faisant rouler la chaise sur laquelle il est assis. Une musique est là en bruit de fond, plusieurs livres et feuilles sont étalés devant lui. Cela faisait longtemps que je n'avais pas vu mon frère aussi studieux.

— Ça va toi ?

— Pas trop, dis-je en m'affalant sur le lit de mon frère.

— Laisse-moi deviner, ça a un rapport avec Armand ?

— Entre autre.

— Allez, viens ! me dit-il en s'éloignant de son bureau.

Il ouvre la fenêtre de sa chambre, passe une jambe en dehors suivie de la seconde.

— Tu vas où comme ça ?

— Si tu me suis, tu verras bien.

Il disparaît, je me lève du lit et passe ma tête pour voir où Adisson se trouve, il est au-dessus de moi, assis sur le toit de la maison. J'enjambe à mon tour la fenêtre et m'assois à ses côtés.

— Depuis quand tu fais ça ?

— Quelques années, me dit-il en fouillant dans la poche de son jean.

Il en sort un paquet de cigarettes et un briquet.

— Et tu fumes ?

— Ça restera entre nous bien sûr.

— Alors c'est ça, tu viens ici pour fumer sans que les parents le sachent.

— Tu as toujours eu une réflexion vive.

Il met une cigarette au bout de ses lèvres et l'allume, je tends ma main pour qu'il comprenne que j'en ai besoin d'une aussi.

— Quoi ? La parfaite Ava fume ? s'exclame-t-il les yeux écarquillés tout en me tendant le paquet ouvert.

— Et ça restera entre nous bien sûr, dis-je après avoir allumé la cigarette que je viens de piocher.

Il rigole avant de reprendre une bouffée.

— Alors dis-moi, qu'est-ce que ça fait de savoir que tu te maries très prochainement ?

— Je ne sais pas.

— Ah oui quand même, c'est pourtant censé être ton grand jour, tu devrais être la plus heureuse du monde, comme maman.

— Pourquoi comme maman ?

— Elle ne parle plus que de ça depuis des mois, c'est à se demander si ce n'est pas elle la future mariée.

— On dirait que mon mariage ne te fait pas plaisir, dis-je en me tournant vers lui.
— Tu sais mon avis sur Armand ...
— Je ne comprends vraiment pas pourquoi tu ne l'aimes pas.
— Tu n'es plus la même depuis que tu es avec lui.
— Mais je l'aime...
— Tu l'aimes mais en attendant, il t'attend à la maison et tu restes ici avec moi à fumer sur le toit d'une maison, comme si tu repoussais ton retour...
— Je n'ai pas le droit de passer du temps avec mon frère ?
— On va dire ça comme ça.
— Mais pourquoi ? C'est vrai pourtant, le rassuré-je.
— Depuis que tu es revenue, tu n'es plus la même, il y en a que pour ton travail et ton cher futur mari ...
— Tu as raison, c'est vrai que je t'ai un peu délaissé, promis je vais me rattraper.
— Tu as intérêt ...

Je pose ma tête sur l'épaule de mon frère et admire le ciel étoilé face à moi. Nous restons quelques heures encore à discuter de nous, enfin surtout d'Adisson. J'ai du temps à rattraper avec lui.

Après avoir quitté mon frère pour qu'il puisse aller se coucher, je prends sur moi pour rentrer chez moi. Je ne peux pas laisser Armand comme ça, je lui dois des explications, je me dois d'être honnête avec lui. Je me sens prête à lui révéler qui est réellement Tony, la nuit que nous avons passée ensemble. Je sais pertinemment qu'après tous ces aveux, il y aura encore d'autres conséquences, mais je ne peux plus supporter de vivre dans le mensonge. Je veux retrouver ma vie d'avant, avant le retour de Zack.

Armand est là à m'attendre assis sur le canapé la tête enfouie entre ses mains. Il se lève d'un coup, ouvre plusieurs fois la bouche, se gratte les cheveux comme s'il ne savait pas quoi dire.

— Je suis désolé Ava…
— Non…
— Laisse-moi continuer, s'il te plaît, je sais que ces derniers mois, je n'ai pas été l'homme parfait pour toi, mais entre le stress du mariage et le travail, je n'ai pas su être à ton écoute. Alors je peux comprendre que tu veuilles

annuler le mariage et j'accepterai ton choix mais je t'en supplie, ne me quitte pas. Je t'aime comme un fou et je ne me vois pas vivre sans toi. Aucun autre ne saura t'aimer comme moi...

Je n'avais jamais entendu Armand me dire d'aussi belles choses. Il est là devant moi, tout frêle, avec sa voix éraillée, me suppliant du regard de croire chaque mot qu'il vient de me dire. Je me laisse attendrir, je m'avance vers lui sans rien dire et me cale dans ses bras. Il me dépose un baiser sur le front et me serre un peu plus contre lui. Je viens de faire mon choix, pour mon bien. Cette histoire avec Zack ne mènera à rien, il faut que je me dissuade de penser à lui, d'avoir des sentiments pour lui. Il y a cette histoire qui nous lie, c'est certain mais elle nous détruit avant tout. Armand m'aime, je le sais, je le sens, je ne doute pas de lui, il est honnête avec moi. Zack ne pourra jamais être comme ça, il ne pourra jamais me promettre un bel avenir pour nous. Zack est beaucoup trop abîmé et je suis incapable de l'aider.

Chapitre douze.

C'est le jour J. Le grand jour. Mon grand jour. Et pourtant, je n'arrive pas à m'en réjouir, je suis actuellement entrain de me faire maquiller par une cousine d'Armand, une professionnelle dans ce domaine. Mon regard fixé sur mon reflet dans le miroir, j'écoute vaguement ce que les filles autour de moi se racontent, mes pensées sont totalement consacrées à Zack.

— Excusez-moi les filles, est-ce que vous pourriez me laisser seule, dis-je en coupant leur conversation.

— Mais Ava, je n'ai pas fini ! me fait remarquer la cousine d'Armand un pinceau à la main.

— Juste quelques minutes.

Mes demoiselles d'honneurs se lèvent des fauteuils où elles se sont installées une heure avant, et sortent de la pièce en prenant soin de fermer la porte. Au moment où j'entends le claquement de la porte, les larmes que je retenais au fond de ma gorge comme un barrage trop lourd à contenir, glissent sur mes joues. Tellement de questions se bousculent dans ma tête, cela en devient insupportable. Suis-je vraiment sûre de moi ? Armand est-il le bon ?

Je me sers de mes mains comme éventail pour sécher mes yeux humides. Malgré tout, des lignes noires quadrillent mes joues à cause de la tonne de mascara que m'a mis la maquilleuse.

Quelqu'un frappe doucement à la porte.

— J'arrive, crié-je après m'être raclée la gorge.

Je passe un morceau de coton sur mon visage pour enlever le maquillage gâché, et remets ma robe de chambre correctement avant de me diriger vers la porte. Je m'attends à tout, sauf à le voir ici.

— Zack ? Qu'est-ce que tu fais là ?

— Il faut que je te parle.

Il entre dans la pièce. Je referme la porte derrière lui après avoir vérifier rapidement dans le couloir que personne n'a vu Zack rentrer.

— Il y a un problème ?

— Il faut que je te dise quelque chose, si je ne le fais pas maintenant, je vais le regretter toute ma vie.

Je ne le reconnais pas. Il a l'air perturbé et triste.

— Tu te souviens, quand on s'est quitté il y a huit ans, tu m'as dis que tu m'aimais.

J'acquiesce les sourcils froncés, ne voyant pas où il veut en venir.

— Ava, je sais qu'il est un peu tard pour te le dire maintenant, mais je t'aime, ça fait huit ans que j'essaie de t'oublier mais je n'y arrive pas. C'est impossible et de te revoir depuis quelques mois me fait un bien fou. J'ai mis du temps à le réaliser, mais j'en suis sûr maintenant, j'ai besoin de toi, je suis amoureux de toi.

Ses paroles me font un électrochoc, mon corps est paralysé, seules mes lèvres bougent, enfin tremblent surtout.

— Tu, tu n'as pas le droit.

— Et pourquoi ?

— Je suis à une heure de me marier.

— Alors ne te marie pas Ava, si tu le fais, tu fais une croix sur nous.

— Mais quel nous, Zack ?

— Nous, notre histoire.

— Elle est impossible Zack et tu le sais très bien, il y a Armand et …

— Et la nuit qu'on a passée ensemble, alors ?

— Elle était magnifique.

A ce moment-là, je vois ma mère débarquer dans la pièce. A son regard, je comprends qu'elle a entendu notre conversation.

— Mais pas assez pour compter à tes yeux… reprend-t-il avant de disparaître le regard rempli de haine et de tristesse.

Cela me brise le coeur de le voir s'en aller dans cet état. Je me sens tellement perdue, j'en ai marre de voir Zack me perturber autant.

— Ava…

— Maman, ce n'est pas ce que tu crois, dis-je paniquée en me rapprochant d'elle.

Elle pose ses mains sur mes épaules.

— Qu'importe ce que je pense Ava, es-tu sûre de toi ?

Je m'effondre dans ses bras.

— Oui, bien sûr, réponds-je en essayant d'être crédible pour ne pas l'inquiéter.

— Alors pourquoi te mets-tu dans cet état ?

Je m'écarte d'elle et souffle un grand coup.

— Le stress du mariage sans doute, je mens en essayant de faire mon plus beau sourire.

— Tu me promets qu'il n'y a que ça ?

J'acquiesce, en attrapant un mouchoir en papier pour essuyer mes joues humides.

— Très bien, je vais aller chercher la maquilleuse alors. Il faut rattraper tout ça, me dit-elle en enlevant les quelques mèches de cheveux collées sur mes joues.

Mon coeur bat à une vitesse incontrôlable. Je suis maintenant apprêtée dans ma robe de mariée que ma belle-mère a choisie à ma place, maquillée et coiffée comme on a décidé à ma place. Je me suis regardée pendant de longues minutes dans l'énorme miroir qui se trouve dans la pièce où je me suis préparée. Ce n'est pas moi.

Une de mes demoiselles d'honneur vient de me dire que tous les invités sont installés et qu'Armand est prêt devant le prêtre. On attend plus que moi. La musique surgit dans le centre de l'Église. Deux petites filles faisant partie de la famille de celui à qui je vais dire oui, avancent avec leurs paniers remplis de pétales de roses. C'est maintenant au tour des demoiselles d'honneur de faire leur entrée.

— Tu es prête ?

La voix de mon père me surprend, il me regarde avec une telle fierté. Cela me donne des frissons. J'acquiesce après avoir assimilé sa question. J'attrape le bras qu'il me tend. C'est à mon tour, c'est mon moment. Tout le long, j'observe les personnes bien habillées, venues spécialement pour notre grand jour et pourtant, certains visages me sont inconnus. Armand avait insisté pour que nos deux familles soient réunies et plus j'avance et plus je me rends compte que je ne connais pas tous les membres de sa famille. J'ai l'impression de me marier devant des inconnus.

Je me trouve maintenant face à mon futur mari, celui à qui je vais dans quelques minutes faire la plus grande promesse de ma vie. Alors, pourquoi je n'arrête pas de penser à Zack ?
Armand me tient les mains et m'offre son plus beau sourire :
— Tu es magnifique !
Son compliment ne me fait aucun effet.
Le prêtre nous récite son texte, tout le monde est attentif, mais moi, je ne suis déjà plus là. Mon esprit n'arrive pas à penser à autre chose qu'à Zack, qu'à ses paroles.
Il m'aime.

Il me l'a dit pour la première fois et je l'aime aussi. Mais qu'est-ce que je fous là ? Armand, c'est la facilité, la sécurité et il est aimé de tous, mais mon frère a raison, avec lui je ne suis pas totalement moi-même. Alors qu'avec Zack, je peux être moi-même, la vraie Ava. Même s'il est loin d'être parfait, c'est lui que j'aime vraiment. J'aime son côté insensible, ses airs fragiles qu'il me montre rarement, son charme, ses gestes de tendresse...
Je me sens bien avec lui, alors qu'avec Armand, je me voile la face. J'aime cet homme, oui, mais pas au point d'imaginer un avenir avec lui. Si je l'épouse, tout est déjà tracé, nos travails, nos dîners avec ses amis avec qui je n'ai aucunes affinités, nos deux enfants qu'il souhaite tant...
Il n'y a rien de plus ennuyeux dans une histoire que de connaître la fin avant de la commencer.
Avec lui, je ne souris pas autant qu'avec Zack. Il n'y a pas ce côté aventurier que je cherche depuis tout ce temps sans vraiment le savoir. Le retour de Zack à ce moment de ma vie n'est pas un hasard. Je n'ai jamais cru à ça d'ailleurs, il n'y a pas de hasard, que des rendez-vous. Et Zack est le rendez-vous que j'attendais. Je ne peux pas me marier. Pas aujourd'hui. Pas avec Armand.

— Attendez !

Tous me regardent sous le choc, un brouhaha de messes basses retentit dans l'Eglise.

— Je ne peux pas.

— Qu'est-ce qu'il y a Ava ?

— Je ne peux pas vraiment, je suis désolé Armand.

— C'est à cause de lui, c'est ça ?

Je cours comme si un feu en moi attendait le signal en y mettant toutes mes forces. Je traverse l'allée centrale tel un éclair. Je prie intérieurement que Zack n'ait pas fui la ville, comme il a su si bien le faire il y a quelques années. Mes poumons sont à deux doigts de me lâcher. Comme Cendrillon, je viens d'abandonner mes escarpins sur le trottoir, je tiens ma robe pour ne pas trébucher en pleine rue.

Je ne lâche pas mon objectif. Si je ne retrouve pas Zack, je ne me le pardonnerai jamais.

Arrivée en bas de son immeuble, je remarque qu'aucune lumière ne sort des fenêtres de son appartement. Je profite de la sortie d'une personne pour retenir la porte d'entrée, je monte les escaliers, le coeur battant prêt à faire exploser ma cage thoracique. Je me trouve devant sa porte, elle n'est pas enclenchée, je la pousse délicatement d'une main tremblante. Je rentre avec appréhension, la gorge nouée, incapable d'émettre le moindre son pour l'appeler. Un pas après l'autre, je me rapproche du salon quand je peux enfin relâcher la pression.

Il est là.

Il est assis dans son fauteuil, la tête entre ses mains qu'il relève en entendant mes pas se rapprocher.

— Tu es là ?

Ses yeux sont humides, il vient de pleurer, je me mords la lèvre inférieure tout en continuant de m'avancer vers lui.

— Tu avais tort …

Il me lance un regard interrogateur.

— Notre nuit, elle a vraiment compté pour moi, dis-je en posant une main sur mon coeur.

Il se jette sur moi et m'embrasse d'une puissance qui me procure une chaleur dans tout mon corps.

— Je te promets de ne plus jamais te laisser.

— Tu n'aimes pas les promesses !

— Si c'est pour toi, ça change tout.

Et il m'embrasse une nouvelle fois encore et encore et je ne veux pas qu'il s'arrête.

— Alors, qu'est-ce que ça fait d'embrasser un autre homme le jour de son mariage ?
— De quel mariage parles-tu ? je lui demande ironiquement.
Il jette un coup d'œil à ma robe.
— Attends ! On va régler ça.
Dans un élan, je retire ma robe de mariée à l'aide de la fermeture éclair, et me retrouve presque nue devant lui. Il m'embrasse en souriant, me soulève et j'en profite pour croiser mes jambes dans son dos. Elles sont là nos véritables retrouvailles, il est là maintenant le début de notre histoire.

THE END.

Vous pouvez me retrouver sur instagram :

@INSTACARLIE

Vous pouvez aussi retrouver l'illustratrice de la couverture sur instagram :

@JECRISPARFOIS

DU MÊME AUTEUR :

- **CAPTIVE TOME 1**